二見文庫

美姉妹痴漢急行

北原童夢

目次

美姉妹痴漢急行

第一章　復讐の第一幕

1

会田《あいだ》興信所の調査員・島岡孝一《しまおかこういち》はその朝、都心に向かう私鉄の車内で女子高生にぴたりと体を寄せていた。

相手の名前は、風間萌花《かざまもえか》という。狙いすました獲物だった。

朝の通勤ラッシュで混み合う車両の中で、島岡は背後から萌花の身体を抱えるようにして、その息づかいを感じとっている。

眉の上で一直線に切り揃えられた前髪の下で息づくくっきりとした丸顔が、ドアの窓に映っていた。白のブラウスに濃紺のベストをつけ、襟元に紺のリボンをあしらった制服は、紺と赤のチェックのプリーツミニのスカートとあいまって、彼女の清廉さを引き立てている。

（かわいいじゃないか。萌花の姉たちとは大違いだ）

島岡は静かに右手を下げて、尻のあたりを手のひらで柔らかく包み込んでやる。

ビクッと尻がこわばる。

だが、まだこの段階では痴漢だとは断定できないのだろう。スクールバッグを前に抱え、うつむいてじっとしている。

（よしよし、いいぞ。そのまま……）

そろり、そろりと尻たぶを丸みに沿って、撫でてやる。

膝上三十センチのスカートの布地が手の動きそのままに、尻の表面をすべっていく感触がこたえられない。

明らかに痴漢だとわかったのだろう、萌花は左手を後ろにまわして、

「やめてください」

消え入りそうな声を出して、尻の手をはねのけようとする。寿司詰め状態の周囲の客がその声に反応して、島岡を非難がましい目で見た。

島岡はいったん手を引いておいて、素知らぬふりをする。

ほとぼりが冷めた頃に、また尻を触る。萌花が手をはねのけてくる。

それを繰り返しているうちに、萌花は諦めたのか、両手でスクールバッグを持った状態で完全にうつむいてしまった。

（この子の姉ほど気が強くはないようだ。これなら、いけそうだ）

スカートの布地越しに、少女のぷるぷるした尻を触りながら、島岡はこの少女の姉

である風間恭子《きようこ》のことを考えていた。

島岡は二年前までは、一部上場企業の商社マンだった。食品部門で主に小麦などの輸入の担当をし、仕事も結婚生活も順風満帆であった。

ところが、ある朝、通勤電車の中で痴漢に間違われた。懸命に否定したものの、相手の女（これが、風間恭子だった）が「絶対にこの人です」と言い張ったために警察に突き出された。まったくの冤罪《えんざい》であった。

その後、刑事部屋で屈辱的な取り調べを受けた。認めれば執行猶予がつくし、大した罪にはならないと言われた。だが、やってないものはやってない。一貫して冤罪を主張したために、二十一日間も不当拘留された。その後、一年半に及ぶ裁判の末に裁判所が出した裁定は、「有罪」であった。

係争中に、島岡は会社からはクビにされ、妻からも愛想を尽かされて離婚されていた。その後、友人がやっていた興信所に拾われて、何とか食いつないでいる。

今の島岡を支えているのは、自分を冤罪で告発した風間恭子に対する強烈な復讐の一念であった。興信所という仕事がら、調査には長《た》けていた。

風間家には三人の姉妹がいた。長女の恭子、次女の奈緒《なお》、三女の萌花。恭子ひとりを陥れるだけでは、島岡のめらめら燃える復讐の炎はおさまりそうにもなかった。

（姉妹を三人とも、地獄の底に突き落としてやる！）

こんな状況にあっても、島岡が自殺しないで生きていられるのは、この思いがあるからだった。

調査によると三女の萌花は、お嬢様学校に通う女子高生であった。学校の成績も良く、このまま行けば同じ系列の大学に推薦で進めそうだった。

(順調な人生を歩もうなんて、甘い。恨むなら、姉を恨むんだな)

スカート越しに丸みを帯びた尻を撫でさすっていると、尻が震えたり、こわばったりする。

(この女、もう強くは出られないだろう)

萌花がおとなしい性格であることも、調査済みだった。引っ込み思案のためか、いまだにボーイフレンドはいない。バトン部でも、美人でテクニックもあるのに、目立つポジションにはいない。

島岡は徐々に尻たぶの中央へと指を進めていく。

左右の丸みの狭間を、スーッと下に撫でさげると、「あッ」と声をあげて、萌花は尻たぶを引き締めて、指の侵入を拒もうとする。

かまわず手をすべらせ、尻の底を持ち上げて、太腿の奥へと指を届かせた。

「あッ……うン、やッ……やめてください」

「静かにしないと、周りにわかっちゃうよ。いいのかな?」

「……やなの……」

「やめないよ」

島岡は耳元で囁《ささや》くと、スカート越しに尻の底をたぷたぷと持ち上げるようにして、揺すってやる。短いスカートをめくりあげ、中指と人さし指を一杯に伸ばして、双臀の谷間に届かせる。パンティにじかに指が触れた途端に、

「あッ……駄目……」

と、萌花が大きく顔をのけぞらせた。なおも、パンティ越しに尻の狭間を指でほじくってやる。今度はがっくりと頭を垂れた。

「ふふっ、感じやすいんだな」

「違うわ……違います」

「パンティが湿ってきてるぞ。マン汁があふれてるんだろ?」

「シーッ……!　聞こえます」

「じゃあ、きみも口を閉じてるんだな」

島岡はむちっとした尻肉をこじ開けるようにして、パンティの基底部を後ろからさする。すべすべの布地越しに、柔らかくてグニュグニュしたものがまとわりつく。

電車がカーブにかかって、電車が揺れた。バランスを取ろうとして、萌花の足が開く。ここぞとばかりにガードが甘くなった股間に、指を大胆に押し込んだ。

かなり前まで手がしのびこみ、接する箇所がひろがった。

それを幸いに、二本指を中心の窪みに這《は》わせ、前後に擦《こす》りながら他の指でもさすってやる。大胆に指を動かして、前方のはっきりとわかる硬い突起に指を伸ばし、挟んで転がしてやる。処女でもクリトリスは急所と決まっている。

ショートボブのつやつやした黒髪に顔を押しつけ、息を吹きかけたり、ときには舐めたりしながら、股間に指を走らせる。

「ああ、やです……たすけて」

洩れそうになる声を必死に押し殺して、顔を上げたり、反対にうつむいたりする萌花。すでにふらふらの状態で、ドアに身体を預けている。

スカートがめくれあがり、純白のパンティが尻を包んでいるのが見える。尻たぶの硬直と弛緩《しかん》が繰り返され、太腿の狭間では柔肉が細かく震えて、指先に怯《おび》えるような動きが伝わってくる。

(こんなかわいい顔をしていても、女は女だ。性感帯を刺激されれば感じるんだな。女はしょせんいやらしい生き物なんだ。姉の恭子だって、あの時、きっと、俺以外の男に痴漢されて感じていたに違いない)

そんなことを思っていると、電車が駅で停車して、反対側のドアが開いた。

わずかな客が降りて、その何倍もの客が乗ってくる。終点の新宿まであと十分。その間、こちらのドアは開かない。

ますます車内が混雑してきたのをいいことに、島岡はさらに大胆な行為に出る。ズボンのファスナーをおろし、萌花の右手をつかんで後ろにまわさせる。テントを張ったトランクスへと導くと、熱いものに触れたように手が引いていく。

「しごくんだ」と耳元で言い聞かせ、ふたたび勃起へと押しつける。

手をつかんでおいて強引に肉柱に沿って、撫であげ、撫でさげさせる。何度も繰り返すうちに、萌花の腕から力が抜けていくのがわかった。

バトンを操る長くすっきりした指が、勃起を握り、斜め上に屹立《きつりつ》したその形に沿って、おずおずとすべりはじめる。萌花は自分から勃起をしごいているのだった。

ボブヘアから覗《のぞ》く形のいい福耳が、夕陽のように染まっている。後れ毛がやわやわするうなじが、清楚そのものだ。

2

島岡がトランクスから勃起を取り出そうとしたその時、男が客をこじ開けるようにして、近づいてきた。明らかに不自然な行動である。

うン？　と見守っていると、男は萌花の正面にまわって、ぴたりと張りついた。こちらを見て、いやらしく口尻を吊りあげた。それから、下のほうでごそごそやっている。途端に、萌花の身体がこわばった。男を突き放そうとしていたが、やがて、がっくりとうつむいてしまった。

(この野郎、便乗痴漢だな!)

センスの悪い柄もののTシャツにジーンズをはいた男は、三十過ぎくらいだろうか。一見すると精悍《せいかん》な顔つきだが、狡賢《ずるがしこ》そうな細い目といい、節度の感じられない口許といい、女好きの兆候が顔に表れている。

それに、どこかで見たことがある気がしてならない。すぐには思い出せない。いずれにしろ、痴漢の常習犯であることに間違いはなさそうだ。

島岡は男に自分と同じ匂いを感じ取って、怒りが消えていくのを感じた。痴漢は同業者に対してはやさしい。

(しょうがない。ここは、二人で落とすとするか)

トランクスを下げて、萌花に勃起を触らせた。

あわてふためいて引いていく手を引き戻して、じかに握らせる。

男性器に触れるのは初めてなのだろうか、萌花は羞恥《しゅうち》の色を全身からにじませながらも、されるがままに肉柱に指をからませている。

「しごきなさい」

耳元でせかすと、しなやかな指が後ろ手に、勃起をおずおずとさすりはじめた。

じっとりと汗ばんだ手のひらが、天井を向いた肉茎を上下に擦る。といっても、わずかに触れているだけである。

「あッ……やです……あッ……」

萌花が急に腰を激しくよじった。

肩越しに覗き込むと、男の右手がスカートのなかに入り込んでいた。太腿の奥に潜って、大胆に股間をいじりまわしている。

(やはり、こいつは常習犯だな。素人じゃあ、こんな大それた痴漢はできない)

負けじと、チェック模様のプリーツミニをまくりあげ、パンティ越しに尻たぶを撫でまわす。すると、萌花は男の肩口に顔を埋め、押し殺すようにして、

「うふッ……うふッ……あッ……やッ……たすけて……あッ、ううンン」

聞いているほうがおかしくなるような声をこぼしながらも、後ろ手にしごく指には次第に力がこもってくる。

「かわいい顔して……やることは大胆だな。チンチンがビクビクしてるぞ」

黒髪からのぞく耳元に熱い息を吹きかけ、尻を強くつかんだり、愛撫したりする。

萌花の洩らす声が大きくなり、明らかに痴漢だと気づいた周囲の客が、露骨に三人のことを見ている。

だが、近頃、島岡は乗客の侮蔑的な視線を受けると、逆に胸が躍るのだ。部屋で二

人でセックスしていても、この視線は感じられない。みんなの見ている前で女を指で犯す。このスリルがたまらなく刺激的なのだ。

もう一人の男も、島岡と同じ趣味なのだろう。周囲の視線を恍惚《こうこつ》とした表情で受け止めながら、スカートのなかで激しく指を躍らせているのがわかる。

それだけでは物足りなくなったのか、左手で制服の胸をつかんで揉みはじめた。ベストをこんもりと盛り上げた胸を持ち上げるようにして、たぷたぷ揺らし、むんずと鷲づかんだ。

萌花はもう自分でも何をしているのかわからないといった有り様で、顔を上げたり下げたりする。耳朶《みみたぶ》を真っ赤に染めながら、島岡の肉棹を命綱のように握りしめて、まるで射精してくださいと言わんばかりに、速いピッチで擦ってくる。

尻が卑猥に揺れて、伸びやかな肢体から発情した女の匂いが立ちのぼってくる。後れ毛を張りつかせたうなじを、ペロリと舐めた瞬間だった。

「あッ……！　うぐッ……」

萌花は生臭い女の声を洩らして、躍りあがった。

それから、力が抜けたようにふにゃふにゃになり、島岡に背中を預けてくる。

(イッたね。処女なのに見事なまでに昇りつめた)

女を征服した悦びが込み上げてくる。これがあるから、痴漢はやめられない。冤罪をこうむり、居直った島岡が実際に痴漢に走ったのも、自分を陥れた恭子への怒りが女全体へと及んでいたからだった。

オルガスムスの痙攣《けいれん》はなかなかおさまらなかった。もう一度とまさぐりにかかった時、電車がブレーキ音とともに速度を落とした。

終点の新宿である。電車が揺れ戻しとともに停まった。

自動ドアが開いた途端、萌花は二人を突き放してドアに向かった。真っ先に車両から降りて、ふらふらしながらホームを駆けていく。

3

島岡が電車を降りると、痴漢男もすぐ横を歩いている。

同じ穴の狢《むじな》というやつだろうか、島岡はこの男とは気が合いそうな気がして、ごく自然に声をかけていた。

「コーヒーでも飲みませんか？」

「悪くないね。ただし、あんたのオゴリだぜ」

「ふふっ、いいですよ」

二人は改札を出てすぐのカフェに入った。二人分のモーニングを頼んで、隅っこの席につく。やがて、メイド衣装のウエイトレスがトーストとコーヒーを運んできた。

しゃがめばパンツが見えそうなマイクロミニから伸びたすらりとした足に見とれながら、聞いてみた。

「オタクのこと、どこかで見たことがあるような気がするよ……勘違いかな？」

「ビデオのファン？　ＡＶだけど」

「まあね。それが何か？」

「だったら、それだな。ドランク宇川《うがわ》って覚えてるか？　棹師《さおし》の」

「ああ、そうか。あんた、ドランク宇川か」

「感激だね。俺のことを覚えてくれてて……まあ、昔はけっこう業界じゃ、有名だったからな」

ドランク宇川が苦笑した。少し前、レイプなどのハードものをやらせたらピカ一のＡＶ男優がいた。島岡は冤罪で落ち込んでいる時に、アダルト・ビデオを見て憂さを晴らしたのだが、その時に宇川の出演する作品を何本か見たことがあった。

「こちらこそ、感激だよ。あのドランク宇川に会えて。けっこう、好きだったからね、あんたの演技」

「嬉しいこと、言ってくれるね、あんた」

宇川は照れたように微笑み、コーヒーを猥雑な音をたてて啜《すす》った。

「最近、あんまり見ないようだけど……」

「ちょっと、監督とトラブってな。まあ、干されたようなものさ。今じゃ、キャバ嬢に食わせてもらってるよ……そんなことより、あんた、いつもああやっておおっぴらに痴漢してるのか?」

宇川が聞いてくるので、島岡は経緯を話すことにした。会ったばかりの男にばらすことではないが、トラブって干されたという宇川に自分をダブらせたのである。

島岡は痴漢の冤罪で会社をやめて、離婚したことや、その復讐として告発した女の妹をズタボロにしようと、痴漢に出たことを話した。すると、宇川も同じような境遇の島岡に同情したのか、

「島岡さん、何かあったら、協力するぜ。ここに電話してくれ」

と、ケータイの番号を教えてくれた。島岡も名刺を渡すと、

「へえ、探偵さんかよ。面白そうじゃないか」

宇川が細い目を興味津々で輝かせる。

「いや、探偵なんてもんじゃないよ。たんなる調査員さ。地味な仕事だよ」

などと話しているうちに、店が混んできた。

「じゃあな。今度、また飲もうぜ。あんたとは気が合いそうだ」

宇川は角刈りにした頭を振って、席を立った。

(ドランク宇川か……面白そうな男と巡りあった)

コーヒーを啜りながら、島岡は広い背中が遠ざかっていくのを眺めていた。

4

翌朝も、島岡はS駅のホームで萌花を待っていた。

萌花としても、昨日あれだけの痴漢をされたのだから、乗る電車を変えてくるかもと思い、いつもより三十分ほど早く来て、網を張ったのである。

案の定、萌花はいつもより十五分早い快速に乗ろうとしていた。

二人の姉のどちらかが痴漢撃退役に馳《は》せ参じているのではと、周囲を警戒してみるものの、幸いにして姿はない。やはり誰にも言えなかったらしい。悩み事をひとりで抱えこんでしまうタイプだ。

(よし、いいぞ)

萌花が快速電車に乗るのを見て、島岡も乗り込み、押されるふりをして、反対側のドア付近へと押し込んだ。相変わらず電車は混んでいる。

背後から好位置を確保すると、電車が一揺れして動きだした。

昨日の痴漢だとわかったのか、萌花が身体をこわばらせるのがわかる。

島岡は後ろから抱えこむと、ボブヘアに顔を押しつけて、髪の匂いを思い切り嗅いだ。コンディショナーの甘い香りに、干し草のような自然の匂いが混ざっている。

腰をつかんで引き寄せ、後ろから股間を尻に密着させた。

萌花は身長があるし、島岡はどちらかというと小柄だから、分身がちょうど尻のあたりに触れている。電車の揺れに任せて腰を微妙に動かすと、こわばった双臀の狭間に肉茎が擦れて、たちまち力を漲《みなぎ》らせる。

硬いものを感じたのか、萌花が腰をよじった。

「また会ったね。昨日は気持ち良かったようだね。イッたものな」

島岡は耳元で囁き、勃起をさらに強く尻に押しつけた。

「……こ、声を出しますよ」

「かまわないよ。出せるものなら、どうぞ」

言いながら、島岡は右手を大胆に前にまわしこんで、プリーツスカート越しに太腿の奥へとねじこんだ。

「あッ、やッ……」

「いいんだぜ。たすけを呼ぶんだ。痴漢だって、みんなに知らせるんだね」

耳元で囁きながら、島岡はスカートがまとわりつく谷底を、中指と人さし指をつかって撫でさすってやる。

「い、いや……」と、その手を振りほどこうともがく萌花。

それでも、執拗《しつよう》に太腿の奥を愛撫し、耳の後ろに熱い息をかけると、徐々に力が抜けていった。顔が跳ねあがり、制服に包まれた身体が小刻みに震えだした。やはり、感度はいいようだ。

「バージンのくせに、エッチなんだな。それとも、男性経験ありなのか？」

耳元でねちねち苛《いじ》めながら、スカートのなかに手をしのばせて、じかにパンティに触れる。

ぷっくりとしたモリマンをさすっているうちに、明らかにそれとわかる縦の溝がくっきりと刻まれるのが伝わってくる。縦溝のワレメに沿って、折り曲げた中指でコチョコチョすると、

「やッ……やです……ううンン、ああンン、しないで……あッ、ううン」

言葉とは裏腹に、身体を預けてくる。

（よし、秘密兵器を使ってみるかな）

島岡は右手の指に、用意しておいた指サックをつけた。超小型バッテリー内蔵のバイブレーターだった。大人の玩具屋で見つけて、買っておいたのである。おそらく女がオナニーする際に使うやつだ。

指サック型のバイブレーターのスイッチを入れると、途端にビーンという小刻みな振動が指先に伝わってくる。

（こんなものでマ×コを刺激されたんじゃ、たまらんだろうな）

にやけながら、さっきと同じように横前から股間を責める。

チェック模様のウルトラミニのなかに右手を突っ込んで、パンティ越しにぴたりと指バイブを添えると、

「ああ……何……？　これ、何……？」

萌花は初めて味わう感触に狼狽《ろうばい》して、しきりに腰を揺すって逃がそうとする。

「ふふっ、何だろうね？」

島岡は揺れる腰を背後からがっちりと抱えて、今度は指バイブを恥肉のやや上方、ちょうどクリトリスあたりに押しあてた。

細かい振動が、パンティの薄い布地越しに敏感な肉芽を刺激していることだろう。

萌花はびっくりしたように顔をのけぞらせ、島岡の腕を痛いほどにつかんだ。爪が前腕に食い込む痛みが、この場合、快感だった。

「やッ……取って……外してよォ……いやンンン……」

身悶えしながら、萌花はさかんに顔を上げ下げする。腰も微妙にうねって、へっぴり腰になった尻が、勃起を突いてくる。

島岡は俄然大胆になり、左手で胸のふくらみを揉んだ。

ベスト越しに、少なく見積もってもEカップはあるだろう巨乳を持ち上げ、鷲づかんで指を食い込ませる。

弾力あふれるふくらみを揉みながら、一方では指バイブで敏感な肉芽を責める。あふれだした愛蜜がパンティからしみでてきた。

「すごい濡れ方だ。マ×コ、ヌルヌルじゃないか。そんなに気持ちいいの、うン?」

耳元で囁きながら、左手をおろして股間へと持っていく。

すべすべしたパンティの布地をつかんで持ち上げると、褌《ふんどし》のようになったクロッチ部分がきっちりとワレメに食い込んだ。

「あッ……やッ……ごめんなさい。許してこれ、いや」

口ではいやと言いながらも、少女の雌芯は大量の蜜をこぼし、ネチッ、ヌチャと淫《いん》靡《び》な粘着音が聞こえる。今度はパンティの横から指を突っ込んだ。

指サックバイブが振動する中指を、じかにクリトリスにあてると、

「はうッ!……」

よほどショックが大きかったのだろう。萌花はガクンと顔を跳ねあげて、これまでより大きく震えだした。

左手でパンティを引っ張って肉溝に食い込ませながら、右手の指バイブを急所の肉芽に微妙にあてたり、外したりする。

すでに周囲のことなど頭から飛んでいるのか、萌花は抑えきれない喘ぎをこぼして、膝を落としかける。

大量に流れだしたラブジュースが、まるでオシッコでも漏らしたように内腿へと垂れ落ちていた。

「そうら、イッていいんだぞ。昨日みたいに……我慢しなくていいんだぞ」

耳元で誘い、クリトリスを左手で確かめてみた。小さかった肉芽は今や膨張しきって、亀頭のように肥大している。スリットからは、オシッコと間違うばかりの淫蜜が泉のようにあふれて、指を濡らす。

（イカしてやる……みじめにイカせてやる）

島岡は左手をずらして、乳房をむんずと鷲づかむ。ベストの上からもそれとわかるトップの突起をつまみだして、くりくりと転がす。乳首をなぶりながら、指バイブで肉芽を刺激すると、

「……はうン……！」

絶頂に昇りつめたのだろう。萌花は尻肉をビクビク震わせながら、顎を突き上げた。しばらくそのままでいたが、やがて、精根尽き果てたように身体を預けてくる。

周囲の客が、びっくりして二人を見ている。

ぐったりとなった萌花を支えていると、快速が駅で停車して、二人がいるほうのドアが開いた。

ハッと我にかえった萌花が、腕を振り払って、脱兎《だつと》のごとく飛び出した。

ホームに降り立った萌花を見て、島岡もあわててあとを追う。

5

「いやッ……来ないで」

「いいから、一緒に来いよ」

いやがる萌花を、島岡は強引に引っ張っていく。ホームの客がいったい何が起こっているのか怪訝《けげん》な顔をしているが、無視して、萌花を改札口から外に出させる。

さかんに首を左右に振り、駄々っ子のように腰を引く萌花を、タクシー乗り場まで連れていった。タクシーでラブホテルまで乗り付け、こってりとかわいがってやるつもりだった。

タクシー乗り場には客は数組しかいなかった。サラリーマン風の男がタクシーに乗り込むと、あとは二人だけになった。すぐに個人タクシーがやってきた。自動ドアが開き、島岡はまずは萌花を押し込めておいて、自分も乗り込む。後部座席に座って、

「悪いが、ラブホにやってくれないか」

運転手に向かって言った。ネームプレートに「長谷部《はせべ》弘志《ひろし》」という名前のある眼鏡をかけた運転手が、

「彼女の制服、M女学園のでしょ……それだと、入る時に受付と顔を合わさないホテルじゃないと、まずいでしょ」

ありがたいことに気を利かせてくれる。

「まあ、そういうことになるな」

「いいですよ。ただし、ちょっと遠くなりますが」

長谷部という物分かりのいいタクシードライバーが車を出した。この運転手なら、多少あくどいことを車中でさせても大丈夫と思い、

「ゆっくり行ってくれないか。なんなら、そのへんグルッとまわってもいいから」

運ちゃんがルームミラー越しに、こちらに向かって微笑んだ。

スカートから突き出たやけに長い太腿を撫でようとすると、

「やめてください……こんなことして、警察に言いますよ。運転手さん、止めてください。降ろして」

萌花がその手を押し退《の》けて、運転手に向かって懸命に訴える。

「さっき痴漢されて、ハデにイッたのは誰だった？　痴漢されて、昨日今日と二度もイッたくせに、清純ぶるんじゃないぞ。コラッ！」

制服姿を抱きしめて、強引に唇を奪いにかかる。

「いやです……！　運転手さん、この人、痴漢です。たすけてください、お願い！」

「えッ、何か言いました？　私は耳が遠くてね、よく聞こえないんですよ」

「そういうことらしい。諦めるんだな。自分に素直になれよ」

島岡は無理やり身体を抱きしめて、唇を奪った。

「ううッ……！　ううッ！」

舌を入れられるのだけは避けようとして、懸命に歯をくしいばる萌花。女子高生の素の唇は砂糖菓子のように柔らかく、ぷっくりしていた。

（やはり、女子高生はいい。何もかもが汚されていない）

感受性の豊かさをあらわす肉厚な唇を舐めまわし、吸いながら、左手で股間をまさぐる。ウルトラミニをめくって、パンティの二重底をいやらしくさすりあげる。

「ううン……ううッ……！　やです！」

「じゃあ、仕方がないな」

島岡は先ほど痴漢で使った指サック式バイブを今度は左手の中指にはめた。スイッチを入れておいて、ふたたび股間にタッチしながら、のけぞる顔の顎や首筋にキスしまくった。

指バイブの振動が、基底部のちょうどクリトリスあたりに触れると、途端に萌花の様子がおかしくなる。

「ああッ……！　駄目です。それ、いやです……取って、外して……んんッ！」

感じているのだろう。繊細な顎をせりあげて、逆に島岡に抱きついてくる。

今だとばかりに唇を重ねると、萌花はこれまでのことが嘘のように、自分から舌を求めてきた。ねちねちと舌をからませながら、敏感な肉芽に絶え間のない振動を与えつづけると、萌花はついには送り込まれる唾を飲むまでになった。

(よしよし、いいぞ)

股間のものが痛いほどに突き上げるのを感じて、島岡はズボンを下げて、勃起を剝《む》き出した。赤銅色《しゃくどういろ》の肉棹が、天に向かって吼《ほ》えている。

「握るんだ」

右手を導いて、触らせた。びっくりしたように引いていく手をふたたび導いて、今度はしっかりと握らせる。

「どうした？　しごけよ」

「ああン、だって……」

「昨日は一生懸命しごいていたな。忘れたとは言わせないぞ。ほら、やるんだ」

萌花は、頰を染めて積極的に肉棹を擦る。

日頃の清楚さなど、どこかに置き忘れてきたような乱れぶりである。風間三姉妹には元々淫蕩《いんとう》の血が流れているのかもしれない。

萌花は人さし指を浮かせて、太棹に他の指をまわしこみ、力強く上下にスライドさせる。日頃バトンを扱っているせいか、長くてしなやかで強い指である。その指でリズミカルにしごかれると、島岡も高まってくる。

先走りの粘液がじゅくじゅくあふれて、包皮がすべるたびに、ネチッ、ネチャと淫靡な音をたてる。スカートに包まれた腰が微妙に横揺れしだした。

島岡は頭をつかんで、顔を強引に勃起に押しつける。

「しゃぶるんだ」

萌花は思いつめたような表情で、顔を左右に振る。

「自分に正直になるんだ。いいから、言うとおりにしろ」

強く言うと、萌花は抵抗を諦めたのか、おずおずと亀頭を舐めはじめた。

「そうだ、それでいい。いい子だ。そのまま、好きなように舐めてごらん。咥《くわ》えたっていいんだぞ」

やがて、萌花が本格的に舌をからめはじめた。股ぐらに上半身を預けるようにして、右手で太棹の根元をつかんでしごきながら、先のほうを舐めている。

「上手いぞ。ほら、もっと奥まで咥えてごらん」

指示すると、根元まで太棹を頬張ってくる。右手を離して、口だけで咥えこむ。

思い切り奥まで頬張り、「うぐッ」と噎《む》せた。

まだ処女なのではないか。黒髪からのぞく耳朶や首筋が、バラ色に染まり、萌花の差恥心をあらわにしている。ジュルルッと先まで引き上げて、肩で息をする。

それからまた根元まで頬張って、苦しげに眉根を寄せながらも、今度は我慢して、ゆるやかなピストン運動で責めてくる。

最近の若い子はセックスの情報があふれているためか、そのへんのＡＶ女優がやるようなことを平気でやる。そのあたりを言葉でなぶってやりたくなったが、ここは抑えて、逆にうながす。

「ううッ、気持ちいい……上手いぞ。出ちゃいそうだ」

「うふッ、うふッ、うふッ……うン、うン、うン……ああ、はううンン」

萌花はいったん顔を上げて、息を整えた。その間も、勃起を指で刺激することを忘れない。ふたたび頬張って、いやらしく舌をからめてくる。

ルームミラー越しに覗いていた長谷部が、声をかけてきた。

「いやァ、大したものだ。痴漢で落としてそのまま連れてきたんですか。手本にしたいくらいですよ」

信号待ちで交差点に停止しながら、嬉しいことを言う。

「こう見えても、私、休日には痴漢が趣味でしてね」

「ほう、そうですか……同志でしたか」

「いやいや、とてもここまでは行きませんよ。私なんか、女性のお尻を触らせていただく程度でして」

「ご謙遜を……そうだ。これからホテルにおつきあいしていただけませんか？」

島岡が言うと、長谷部がびっくりしたように、

「いいんですか？」

「かまいませんよ。いや、むしろ、歓迎です」

「いやァ、嬉しいな……オッと、この道を入っていくんだったな」

長谷部はあわてて幹線道路を左折した。

前方に、城を模した大きなラブホテルの建物が見えた。

6

部屋紹介の表示パネルのなかから、ちょっとレトロな造りの円形ベッドの部屋を選んだ。部屋に上がる途中でも、萌花は茫然自失したのか、酔ったような表情でされるがままだった。おそらく、登校途中で痴漢拉致《らち》されるという想定外の出来事にあって、正常な意識が飛んでしまっているのだろう。

選んだ部屋に入って、萌花をベッドに突き転がした。

萌花は無言のまま、華やかな布団が敷かれたベッドに横向きに転がった。ミニスカートがめくれて、意外にむちっとした太腿とともに、奥に白っぽいものが見えた。

あわてて太腿をぴっちりと閉じ合わせ、見ないでとでもいうようにこちらを上目遣いで見る仕種が、なんともかわいい。

「いいねえ。このシチュエーション」

「いいですねえ。M女学園の制服とこの部屋のいやらしい感じ。まさに清らかさとおぞましさの見事なコントラストですよ」

長谷部が部屋を見回した。天井にはシャンデリアが下がり、壁の一部が鏡張りになっていた。趣味の悪い一昔前の典型的なラブホテルであった。

過剰な美装のなかで見る、M女学園の夏服を着た清楚な美少女は、まさに美しき生《いけ》贄《にえ》という感じである。

島岡は素行調査時に常に携帯しているショルダーバッグから、小型の手錠のようなものを取り出した。指錠である。近づくと、萌花が小さな金属性の器具に目をやり、怯えた表情をする。

「ど、どうするんですか?……何ですか、それ?」

「こうするんだ」

両腕を背中にねじりあげると、親指と親指を隣り合わせにして、そこに指錠をかけた。ギリギリと絞りあげる。

「ああ、取って!　いやです……いやッ」

萌花は後ろ手にくくられた腕をさかんに外そうとするのだが、指錠で拘束された指はどうあがいても取れない。長谷部に手伝わせて、前開きのベストの前をはだけ、さらにブラウスの胸ボタンも外してしまう。

前を開けると、純白のブラジャーに包まれた素晴らしく充実した乳房がこぼれでた。

「ああ、やッ……見ないでください。いやです……いや、いや、いや……」

「デッカいオッパイだな。何カップだ？」

「知りません」

「聞いてるんだ。答えなさい」

むんむんとした熱気がこもる巨乳をむんずとつかんで、ひねりあげてやると、

「ううッ！　……痛い！　……やめて……言うから、やめて」

「何カップだ？」

「E、です……」

「E？　ほんとか？　ウソつくなよ。確かめるぞ」

後ろの留め金を外して、純白の総レースブラジャーを毟《むし》りとった。充実しきったふたつの球体が豪快に転げ出る。

「デカいな。これでEか？　ウソつくなよ」

「……ほんとはFです。ごめんなさい」

「やっぱりな。しかし、Ｆか。高校生でＦかよ。デカパイの女はバカが多いっていうから、きみも赤点取って、追試の口かな」

「違うわ……クラスでいつも五番以内に入ってる。だから、そんなバカじゃありません」

萌花が口を尖《とが》らせる。

「口じゃ、何とでも言えるからな」

島岡はグレープフルーツみたいな乳房を支えて、乳首にしゃぶりついた。

「ああ、やです……やッ……やだったら」

萌花が逃げようとするのを、長谷部が後ろから押さえつけた。

小さな突起を舌であやし、吸うと、へこみ気味だった乳首がせりだしてくる。存在感を増した突起を今度は舌で転がすと、

「あッ……うン、うン……あぁァ……いや、駄目です……あッ、ああンンン」

口ではいやと言うものの、萌花は感じているのか、切なそうに胸をよじる。

たっぷりと舐めておいて、吐き出す。唾で濡れた乳首がチュルンと躍った。

「スケベなオッパイだ。ちょっと舐めただけで、こんなにいやらしく勃起してきた」

島岡はバッグから赤の綿ロープを取り出すと、それを乳房の上、中、下の三段にまわして、乳房を縛った。

三姉妹を凌辱《りようじよく》痴漢すると決めてから、「緊縛術」とやらも習得していた。ＳＭクラブでＭ女を縛ったから、だいたいの縛りはできる。

さすがにＦカップは違う。縄の食い込んだ乳肌がぷっくりと膨れて、被虐感が全然違うのだ。

さらに、二つのピンクローターを真ん中を走るロープに挟むようにして、左右の乳首に押しあてた。スイッチを入れると、「ビーン」という振動音とともに、カプセルが細かく震えてじかに乳首を刺激しはじめた。

「ああ、ああ……これ……ああ、取って……外してください……そうじゃないと、萌花、萌花、おかしくなるゥ」

「かわいい顔して、この有り様かよ。ほんと、萌花はスケベな身体をしてるな。ほら、足をひろげるんだ」

足を開かせておいて、三つ目のピンクローターをパンティのなかにすべりこませ、振動がクリトリスにじかにあたるように調節した。

「取って……ああ、お願い……うう、ああンンン」

股を閉じようとするのを、膝をロープで縛り、縄尻を調度品に固定することにより、開脚状態を作る。

「このまま、じっとしているんだ、いいね」

島岡は長谷部とともに、鑑賞タイムに入る。冷蔵庫から缶ビールを取り出して、プルトップを引き上げた。美少女が時代錯誤的なラブホテルで縛られて、開脚している光景を酒の肴《さかな》に、缶ビールを呷《あお》った。

長谷部がベッドの美少女をぎらつく目で眺めて、

「いい眺めだ。これで、私もしばらくは、つらい仕事にも耐えられますよ」

「最近はタクシーも色々とご苦労が絶えないようですね」

余裕の会話を交わしながら、萌花のほうをうかがう。

顔を上げたり、下げたりしながら、萌花はバイブの振動をこらえていた。ロープが食い込んだ乳房が、ぱんぱんに張りつめている。プリーツミニから左右に思い切り開脚された長い太腿のつけ根がいたいけに震えている。

「長谷部さんは、失礼ですが、痴漢歴は？」

「長いですよ。なにしろ、小学生の頃からだから。電車に乗った時は、見知らぬ女のスカートのなかをまさぐってましたから」

「長いな……私の先輩だ」

「いやいや、私なんか、とても島岡さんの足元にも及びませんよ」

などと会話を交わしながら、ちらちらとベッドのほうを盗み見る。

萌花は腰をもじもじさせながら、「うッ、うふッ」と洩れそうになる声を押し殺している。声をかけた。

「そろそろ、かまってほしくなったかな?」

「ひどいわ、ひどすぎます……どうして、こんなことをするんですか? 萌花があなたに何かしたんですか?」

萌花が恨めしそうに、こちらを見る。

「ちょうどいい。長谷部さんも、聞いておいてください」

島岡はこれまでの経緯を話した。萌花の姉に痴漢の冤罪で告発され、おかげで人生を棒に振ったこと。リベンジを誓い、まずはかわいい妹をと萌花を狙ったこと。

事情をほぼ話し終えると、萌花が顔を上げて言った。

「そんなことで……そんなことで私を? 間違ってるわ。やり方、間違えてる」

「そんなこと? ……俺は会社をクビになり、離婚されたんだ。前科一犯だぞ。おかげでまともな会社には就職できないんだ……しかも、やってない。それを、そんなことでだって? いくら世間知らずのお嬢ちゃんでも、許せんな」

島岡はにじりよると、くびりだされた乳房を思い切りねじりあげた。

「いやァァ! ……ごめんなさい。ごめんなさい……」

たちまち、涙声で謝ってくる萌花。

「お前たちは姉妹だろ。連帯責任ってやつがあるんだよ。お姉ちゃんの過失はお前らが償うんだ。わかったな」

「わ、わかったから、強くしないで」

「強くしなきゃ、お前を懲らしめることにはならんだろう。それとも、あれか？　かわいがってもらえるとでも思ってるのか？」

長谷部を呼んで、股間を責めるように指示して、自分はバッグから愛用のデジタル・カメラを取り出した。

長谷部は大股開きした少女の股間に顔を埋めて、ねちねちと舐めている。おそらく、この男は舐め魔なのだろう。痴漢のなかには時々見受けられるパターンだ。

島岡はカメラをかまえて、シャッターを切った。フラッシュが光り、萌花がギョッとしたようにこちらを見た。

「何をしたの？　駄目よ。消して！　今の消してください！」

「そういうわけにはいかないな。長谷部さん！」

命じると、長谷部が萌花の背後にまわった。身動きできなくなった萌花を、連写する。無残な制服姿であられもなく巨乳をさらした萌花の姿が、フラッシュのなかに浮かび上がった。

「どんな写真が撮れました」と興味津々で近づいてくる長谷部に、撮ったばかりの画像を再生して見せた。

「いいねえ。そそりますよ、これ」

「そうでしょ。かわいい顔までバッチリ撮れてる」

画像を萌花に見せると、くっきりした顔だちが可哀相なくらいに引きつった。震えだした萌花の耳元で、言い聞かせた。

「この画像を、M女学園に送りつけてもいいんだよ」

萌花が真っ青な顔で、激しく首を左右に振る。

「だったら、こちらの言うことを聞くんだ。わかったな？　……わかったかって聞いてるんだ、返事は！」

「わ、わかりました」

半泣きで言う萌花は、おっとりした美少女なだけにサディズムをそそる。

「しばらくは、この子を感じさせてあげましょう。どうせなら、一発で感じさせたほうが、その後がやりやすくなる」

7

乳首とクリトリスをローターで刺激されている上に、二人がかりで責められては、処女といえど陥落は間近である。

長谷部は股間にしゃがみこみ、あらわになった処女肉を執拗にクンニしている。

島岡も背後から乳房をいやというほど揉み抜いている。いたいけにせりだした乳首を転がしてやると、

「あン……やッ……や、や、やッ……ああンン、それ……はうンンン」

逃れられないとわかって諦めがついたのか、萌花は初々《ういうい》しくも悩ましい声をこぼして、顔をのけぞらせる。

背後から唇を奪うと、萌花は自分から舌をからめてきた。やり方はぎこちないのだが、心を律していた何かが壊れでもしたように情熱的に舌を貪《むさぼ》ろうとする。

猛り狂う肉棹を咥えさせようかとも思ったが、まずは、処女を奪うことだ。

島岡は柔軟な舌をもてあそび、吸い、溜め込んだ唾を飲ませた。驚いたのは、萌花が送り込まれる唾液をコクッ、コクッと軽快な喉音をたてて嚥下《えんか》したことだ。

「かわいい顔して、男の唾を美味《うま》そうに飲んで。……美味いか、俺の唾が美味いか？」

「ああ、はい……美味《おい》しいです」

そう言って、萌花はボゥと上気した顔を仰向けている。ボブヘアがほつれつく、ととのったフェイスラインが美しい。一刻も早く、怒張を入れたくなった。

二人でロープをほどき、指錠も外して、萌花をベッドに仰向けに倒した。

乱れきった制服は着せたままで、ブラジャーだけを毟りとる。

「長谷部さん、悪いけど、これで写真撮って」

デジタル・カメラを渡しておいて、自分も下半身すっぽんぽんになる。逞《たくま》しい怒張にチラッと目をやって、萌花が怯えたように目をそらせた。

「萌花を女にする道具だ。確かめてみるか？」

ベッドに膝をついて、右手を導いた。しばらくすると、しなやかな指が遠慮がちに動きだした。そそりたつ肉棹を、人さし指を浮かして握りしめ、ゆったりと擦る。

「感想は？」

「……オッきいし、熱くなってる……それに、筋張ってる」

萌花は言いながら、熱い視線を怒張に向けている。

「これが、萌花の腹に入るんだぞ」

「無理よ、怖いよ」

言葉とは裏腹に、しっかりと茎胴をしごいている。先走りの粘液が潤滑油となって、包皮がすべるたびにネチャ、ヌチャと音がする。興味が湧いたのか、鈴口に浮かんだ雫《しずく》を指でなぞり、その粘着力を確かめたりする。

「オナニーしなさい。いつもやってるようにすればいい。ただし、チンチンをしごきながらだぞ」

命じると、萌花は左手をおずおずと下腹部に伸ばした。

最初はためらいがちに全体で恥毛を擦っていたが、やがて、

「ああン、やッ……見ないで……」

消え入りたげな声をあげて、人さし指と中指で裂唇の狭間を擦りだした。

指で掃くようにクレヴァスをなぞっていたが、やがて、内側に折った親指でクリトリスをこちょこちょとくすぐりだした。

「うン、あッ……効く……効くの。これ、感じる……やッ、恥ずかしい……恥ずかしいよォ」

上方の肉芽を細かく刺激しながら、湧きあがる情感をぶつけるように右手で勃起をしごいてくる。ぐずるような泣いているような声を洩らして、足をピーンと突っ張らせた。時々、自分で腰をせりあげたり、揺すったりする。

「気持ちいいのか?」

「あ、はい……気持ちいい」

「入れて欲しくなったな、お前が握ってる太いのを、ここに欲しいんだな」

「はい……欲しい……ああ、やッ」

唇の色が変わるほどに嚙《か》みしめて、萌花はいやいやをするように首を振る。それでも、すらりとした足が微妙に開いたり、閉じたりして、腰も揺れている。

頃合いと見て、島岡は下半身のほうにまわった。真っ直ぐに伸びた足をつかんで持

ち上げ、腰を割り込ませる。

萌花はすでに覚悟ができているのか、腕で顔を覆ってされるがままだ。淫蜜で濡れ光る裂唇を、慎重に切っ先でさぐった。

二本の足を膝が腹につかんばかりに押しつけて、処女孔の位置を高くする。淡いピンクにぬめる肉庭の下に切っ先を押しあてて、体重をかけた。

「ううッ……！　無理……無理です」

萌花が顔をしかめて、突き放そうとする。

すべりそうになるのをこらえて、一気に腰を入れると、先のほうが狭い肉路をこじ開けていく感触があった。

「うわッ……！　はあァ……切れてる！」

「もう少しの我慢だ。そうら」

思い切って体重をかけると、分身が奥までめりこんでいくのがわかった。

「うはッ……！」

萌花はなだらかな喉元をこれ以上無理というところまでさらし、両手でシーツを鷲づかんでいる。

「おおゥ、狭いぞ。萌花のここ、すごく具合がいい。グイグイ締まってくる」

褒《ほ》めて、破瓜《はか》の儀式を終えたばかりの少女の気持ちをほぐしてやる。

「泣くな。さっきの言葉は取り消す。かわいがってやるから」

ロストバージンした少女の可憐な表情に胸打たれた島岡は、覆いかぶさるようにして、涙を舐めた。しょっぱい液体をすくいとり、さらには閉じられた瞼《まぶた》を愛撫するように舐める。嗚咽《おえつ》がおさまるのを待って、唇を重ねた。

突き出し気味のふっくらした唇を挟みつけるようにして愛撫し、さらには舌を差し込んで、内部をかき乱す。

すると、萌花がおずおずと舌を預けてきた。震える舌を愛情込めてもてあそびながら、ゆったりと腰をつかう。

萌花はくぐもった声を洩らしつつ、しがみついてきた。

島岡はここぞとばかりに舌を貪りながら、腰のピッチを上げていく。

「うああッ……ああ、ああ……怖い……」

「感じてきたんだな？　うン、マ×コが気持ち良くなったんだな？」

「はい……気持ちいい。熱くなってる……燃えてるよ。ああ、やッ……どうして？　どうして、こんなになっちゃうの？」

「きっと、相性がいいんだろうな。マ×コとチンチンがぴったりなんだ。そうでなきゃ、いきなりは感じないはずだぞ。わかるよな、言ってることは」

「そうだよね。そうだよね……萌花が……こんなエッチなはずない……」

「ああ、そうだ。きみは俺と相性がいいんだ」

島岡はそう刷り込んでいく。実際のところは、おそらく萌花にはマゾ的なところがあって、このレイプまがいの状況に反応しているのだろう。だが、ここは相性のせいだと信じ込ませたほうがいい。

島岡は制服からこぼれでた乳房をつかみ、量感あふれる巨乳を揉みあげながら、乳首を刺激してやる。透き通るようなピンクにぬめる突起をいじりまわし、指で転がすと、萌花は鋭く反応して顎を突き上げる。

「乳首が感じるんだな」

萌花が恥ずかしそうに頷《うなず》いた。

「きれいなオッパイだ。大きいし、形もいい。理想のオッパイだぞ」

「そ、そう？」

「ああ、自信を持っていい」

思いついて、両足を伸ばさせ、両側から挟み込むようにして腰をつかう。伸展位である。これだと、打ち込みの深さが制限されて、処女は感じるはずだ。

縦運動に横運動、さらに回転を加えて、開通したばかりの肉道を余すところなく刺激し、目覚めさせながら、敏感なクリトリスをぐりぐりと擦ってやる。

するると、それが効いたのか、萌花がギュッとしがみついてきた。

「いいのか？　クリちゃんがいいか？」

「はい……クリちゃんが感じます。すごく感じる……ああ、ああァァ、怖い……たすけて……！　怖いよォ」

抱きついてくる萌花に猛烈なキスを浴びせながら、クリちゃんを圧迫してやる。

「ああ、ああ……へんです。浮いてる、身体が離れてくよ……ああ、ああ、怖い……たすけて……」

「それかイクってことだ。そうら、イクんだ。怖がらなくていいぞ。俺がついてる。すべてを俺に任せきるんだ。そうら」

続けざまに突いた。萌花は顔を振りたくり、シーツを握ったり、抱きついてきたりする。真っ直ぐに伸ばされた足の踵《かかと》が、シーツを蹴っている。

島岡がここぞとばかりに連続して打ち込むと、

「いや、怖い……やッ、やッ、やッ……ああ、ああァァ……はうン……！」

萌花は最後には生臭く呻《うめ》いて、身体を一直線に伸ばした。

躍りあがるように全身を大きく痙攣させると、憑《つ》き物でも落ちたようにぐったりとなった。

（イッたか、初めてでイッたか！）

驚きとともに強い昂奮を覚えて、もっとイカせたくなる。

いったん分身を抜いて、萌花を四つん這いにさせた。迫力たっぷりの桃尻に感心しながらも、両手で腰を引き寄せた。そして、押し込んだ。上反りの屹立が、道をつけられたばかりの膣肉をふたたび蹂躙《じゅうりん》していく。

「うあぁッ！……」

這いながらも、顔をのけぞらせる萌花。

バトン部に在籍しているだけに身体は柔軟である。背中を押して腰を持ち上げさせると、すべすべの背中が弓なりに反って悩ましい曲線を描く。丸々とした球体を左右からがっちりつかんで、連続して下腹部を叩きつける。

突かれるたびに、下を向いた巨乳が時間差でブルン、ブルン揺れている。

長谷部がいそいそとベッドに上がる。

「お嬢さん、悪いね……ほら、しゃぶるんだ」

萌花の前に、両膝立ちになって勃起を突きつけた。

萌花はいやいやをするように首を振っていたが、勃起で口許を突かれるうちに、おずおずと口が開いた。島岡は抽送《ちゅうそう》をやめて、観察した。

なめらかな舌が出てきて、亀頭の割れ目をためらいながらも突ついている。今度は亀頭冠を舌でなぞりはじめた。

「上手いじゃないか。そのまま、咥えてくれないか」

長谷部が気持ち良さそうに目を細めて、勃起を突き出した。

おずおずと唇をひろげて、萌花は慎重に頬張る。先のほうを咥えて、ちらっと上目遣いに長谷部を見ながら、奥まで咥えこんだ。

そこでいったん息を整えると、ゆったりしたストロークでしごきはじめる。

初めてらしいのは、そのぎこちない舌づかいや唇の締め方でわかる。つらそうに眉根を寄せ、鼻で息をしている。

「うふッ、うふッ、うふッ……ああ……うふン、ん、ん、ンンン」

島岡は鏡張りの壁に三人の姿が映っているのを発見して、苛めてみる。

「萌花、横を見てみな。何が映ってる？」

萌花が咥えたまま、斜め前方を見た。

腰板の高さで張られた鏡には、バックからはめられながら、今日初めて会った長谷部のおぞましい肉棹を咥えている萌花自身の姿が映っていた。チュルッと硬直を吐き出して、

「いやッ、見たくないよ」

顔を伏せて、目を閉じた。

「駄目だ。しっかりと見なさい」

長谷部が顔を上げさせた。

閉じられていた瞼がおずおずと上がり、つぶらな瞳は鏡に映った自分の姿に釘付けにされる。

「感想は？　……聞いてるんだ。答えろ！」

島岡はここぞとばかりに、萌花をいたぶる。

「……すっごく、やらしい。萌花のお尻に太いのが入ってる……」

「みじめだな。いやらしいな……これが、ほんとうの萌花なんだぞ。ゾクゾクするな。嬉しいよな」

言葉なぶりで追い討ちをかけると、萌花は陶酔したような表情を見せて、勃起を頬張る。

いったん吐き出して、腹に付いた肉茎の裏のほうを舐める。さらには、唾音をたてて亀頭を頬張り、吸い込むようなことまでする。

淫らな唾音をたてるこの女が、つい先ほどまで処女だった美少女ときているから、昂奮も最高潮まで跳ねあがる。島岡も打ち込みを再開した。

上半身をのけぞらせるようにして、次第に律動のピッチを上げていく。

「萌花のオマ×コ、すごくいいぞ。キュンキュン締まってくる。たまらん！」

唸《うな》りながら、打ち込んだ。それにつれて、萌花も逼迫《ひっぱく》した呻きをこぼしながら、肉棹を口で猛烈にしごいている。

「長谷部さん、そろそろ……」

島岡は長谷部と調子を合わせて、仕留めにかかる。

腰をつかんで、ぱんぱんぱんと破裂音をたてて打ち込むと、

「ああ、うあぁァァ……はうン……！」

咥えていられなくなった萌花が、顔をのけぞらせて喘いだ。イッたのだろう。

背中を弓なりに反り返らせて、小さく躍りあがった。

ほぼ同時に、島岡と長谷部も射精していた。

長谷部のしぶかせた白濁液が、萌花の顔面に飛び散るのを見ながら、島岡も発射の快感に酔いしれる。

第二章　『拷問部屋』の人妻

1

（かったるい女だ。もっといい女はいないのかよ！）

池袋から郊外に向かう私鉄のなかで、ドランク宇川は太ったＯＬを後ろから痴漢しながら、新たな獲物を物色していた。

今日の宇川は機嫌が悪い。

昨夜、あさみがマンションに帰ってこなかったのである。アフターで客に焼肉でもご馳走になり、口説かれてホテルにしけこんだに違いない。

むしゃくしゃした気持ちを発散しようと、池袋に出て、ソープで一発抜いた。それでも満足できずに、帰りの電車で痴漢に及んだのだが、ゲットした獲物はこのＯＬだった。

女は荒い鼻息をこぼし、ケツを誘うようにうごめかすのだが、宇川は気分がてんで乗ってこないのだ。でっぷりした尻肉を乱暴につかんだり、さすったりしながら周囲を見ていると、電車が駅で停まり、客が乗り込んできた。

そのなかで、三十くらいのウエーブヘアの人妻が、幼稚園児の手を引いているのが目に入った。

(ウン、あの女?)

どこかで見たことがある。

(中島怜奈《なかじまれいな》か! ……そうだ、あのちょっと日本人離れした彫《ほ》りの深い美貌。妖しく切れ上がった目。生意気そうに上を向いた高い鼻。男を誘ってやまなかったぷっくりとした大きな唇……怜奈に違いない!)
六、七年前の出来事が脳裏をよぎった。
中島怜奈は、宇川がAV男優をしている時に数度共演したAV女優だった。五作ほどAVをやって、人気が出かかったところで突然引退してしまった。欧米風の美人で、しかも派手に潮を吹くことで有名だった。

(そうか、あの女、結婚して奥様におさまっていたのか。おまけに、あんなかわいい女の子を連れて)

さっきの駅の近くに、良家の子女だけが行ける幼稚園がある。おそらくそこに娘を通わせていて、迎えに来たのだろう。娘の着ている制服でわかる。

俄然興味を惹《ひ》かれた宇川は、OLを捨てて、怜奈のもとへとにじり寄っていく。二人の他愛もない会話が聞こえた。

「ママ、チイちゃんね、明日、みんなの前でお歌、歌うんだよ」

「そう……良かったわね。チイちゃんはお歌好きだものね。何を歌うの？」

「大きな栗の木の下で、っていうの」

「ああ、あの歌ね。そう……ママも聞きたいな」

ちょっとハスキーな色っぽい声。忘れもしない怜奈の声だった。

（やはり、怜奈か……ＡＶまで出た女が、いいところの奥様におさまりやがって。それに比べて、この俺は……）

情けなくなってきた。同時に、嫉妬に似た怒りが込み上げてくる。宇川は八分程度の混みようの人込みをかきわけて、怜奈の背後にぴたりと張りついた。

（こいつは確か、耳が性感帯だったな）

かつての濡れ場シーンを思い出し、長いフレアスカートの尻に右手を添えるのと同時に、耳の後ろに息を吹きかけた。

ビクッと震えて、首をすくめる怜奈。

（やっぱり、弱点は昔と同じだな）

手のひらをスカート越しに密着させ、ゆるり、ゆるりと円を描くように撫でながら、熱い息を耳にそよがせた。

本来なら振り返るはずだが、怜奈は娘を連れている。かわいい娘に、そういうところは見せたくないはずだ。

怜奈は少し顔を傾けて、尻を逃がした。移動した尻を追って、なおも手のひらをぴったり吸いつかせると、怜奈が左手でその手を振り払おうとする。右手は娘の手を引いているので、使えないのだ。

ふたたび耳元に息を吹きつけると、怜奈は低く喘いで顔をのけぞらせた。

「……ママ、どうしたの？」

「ううン、何でもないの」

そう言いながらも、宇川の右手の甲を思い切りつねりあげてくる。

宇川は激痛に耐えながら、耳元をぬるっと舐めた。すると、

「はうッ！……」

カーディガンの肩が上がり、大柄な肢体が小刻みに震える。

「ママ、どうしたの？」

「ごめんなさい。何でもないの。お話、続けよ」

怜奈が必死に取り繕うのを嘲笑《あざわら》いながら、宇川は本格的な痴漢に突入する。柔らかなシフォン地の上から、豊かなヒップを撫でまわす。布地がずり動いて、すべすべした感触がたまらない。

もう、怜奈は抵抗しない。娘の話に相槌《あいづち》を打つ怜奈を、徐々に追い詰めていく。双臀の切れ込むあたりに右手をすべらせて、切れ込みから奥への続く狭間へとねじこんだ。

「うッ！」と尻肉をこわばらせ、必死に防ごうとする怜奈。

だが、怜奈は百七十センチの長身である。屈《かが》まなくとも、右手は確実にスカートの奥へと入り込んでいた。柔らかな素材が持ち上がり、皺が寄っている。ヒップのぷりぷりした形がもろに浮き出て、目を愉《たの》しませてくれる。

スカート越しに感じられるグニョグニョした柔肉に刺激され、指でさすり、さらにはかるくノックするように叩いてやる。その間も、耳元に息をそよがせるのを忘れない。すると、徐々にだが、怜奈の気配が変わってきた。

「ママ、どっか痛いの。ポンポン痛い？」

「大丈夫よ……それで、サクラちゃんも一緒に歌うのね……ううン、あッ」

「それはさっき、言ったじゃない」

「そ、そうね、ごめんね、ママ、どうかしてる……ああァァ……やめて！」

やめてと言ってしまって、怜奈はハッとしたように娘を見た。

「ママ、チイちゃんが嫌いなんだ。だから……」

「違うの、違うわ。ごめんね」

怜奈が少し屈むようにして、娘の髪を両手で撫でた。

チャンスだ。宇川はスカートのサイドファスナーをおろした。怜奈が拒む前に、右手を開口部から強引に押し込んでいく。

右手がスカートの裏側へとしのびこみ、下腹部へと潜りこんだ。下着のすべすべした感触を味わいながら、太腿の奥へと一気に指を届かせる。

ギュウと太腿を締めつけて、怜奈が腰をよじる。

弾き出されないように前から股間をとらえたまま、宇川は耳元で囁いた。

「中島怜奈だろ？　あんたのＡＶ見させてもらったよ」

怜奈の動きが、凍りついたように止まった。

「チイちゃんに、ママがＡＶやってたこと、教えてあげてもいいんだぜ……後ろを向くな！　……その代わり、大人しくしろ。わかったな。返事は！」

耳元で恫喝《どうかつ》をかけると、怜奈が小さく頷いた。

宇川は股間に突っ込んだ指を、前から掃《は》くようにして恥肉を責める。

娘が先生に褒められたことを、自慢そうに話しだした。頷きながら聞いている怜奈を責めるうちに、明らかにパンティが湿ってきた。

化繊のすべすべ感に、じっとりした質感が加わる。パンティが濡れて食い込んでいるのだろう、ワレメの深い溝がはっきりと指先にも伝わってくる。

「マ×コ、濡らしやがって……さすが、潮吹き女優だな。娘の前で痴漢されて、お前はマ×コを濡らす。そういう女なんだよ」

耳元で玩弄《がんろう》すると、怜奈が「いやッ」という感じで、首を左右に振った。

パンティの横から指をねじこんだ。柔らかな繊毛の流れ込むあたりに、ぬらつく淫花が花開いて、指先にまとわりついてくる。そのまま人さし指と中指を合わせて、えぐりこんだ。ぬかるみが卑猥な音をたてて、指を呑み込む。

「うはッ！　……ううッ！」

思わず喘いでしまって、あわてて唇を噛む母親。

娘は自分の話に夢中で、ママの異変に気づかない。それをいいことに、宇川は第二関節までめりこませた指を、激しくピストン運動させた。人妻の熟れた肉路がいやな音をたてて、二本の指を包み込み、熱く滾《たぎ》った蜜壺がますます沸騰してくる。

「ううッ……あぁァ……やめて……お願い……ううッ！」

「なんて母親だ。娘の前だというのに、感じまくりだ」

「やめて！」

と、怜奈が声を潜めた。

「その割りには、マ×コがいやらしく指を締めつけてくるぞ。離しちゃいやって感じで、吸い込もうとしてる」

耳元で囁きながら、宇川は今度はクリトリスにまで指を届かせる。

親指を内側に折り曲げて、肉芽のふくらみを莢《さや》ごとコチョコチョすると、これが効いたのか、怜奈はへっぴり腰になり、尻を股間にずりずりと押しつけてくる。

「ママ！　ママ！」

娘が心配して、怜奈の手を揺さぶった。後ろで立っている妙な男に異変を感じたのか、かわいい目でにらみつけてきた。

宇川は逆ににっこりと微笑みかけてやった。

電車が速度を落とし、停まった。怜奈は宇川の手を振り払うと、

「チイちゃん、降りましょ」

娘の手を引いて、あわてて出ていく。直後にドアが閉まった。

走り出した電車の窓から、プラットホームにしゃがみこんだ母親に、娘が心配そうに話しかけている姿が見えた。

2

（中島怜奈か……もう一度、あの潮吹きを味わってみたいもんだ）

女のマンションに帰った宇川は、この前知り合った島岡が調査員をしていることを思い出した。名刺を頼りに電話して、島岡に事情を話すと、

「そういうことなら、こちらで調べましょう。A幼稚園に通ってて、娘の名前は『チイちゃん』って言うんでしょ。大丈夫。わかるから」

島岡は自信満々で電話を切った。

ようやく帰ってきたあさみを椅子に縛りつけて、バイブをぶち込み、自分をなめたらどういう目にあうか、たっぷりとわからせてやった。

翌日、あさみはキャバクラを休んだ。顔面に殴られた痣《あざ》ができて、とても客の前にさらすことのできる面ではなくなったからだ。

午後、半泣きのあさみにフェラチオさせていると、電話がかかってきた。島岡からだった。

島岡によると、怜奈は今の名前は伊東加那子《いとうかなこ》と言って、三十三歳。六年前にAV女優をやめて、今の亭主と結婚し、千春《ちはる》という女の子を産んだ。亭主は金融業を営む四十八歳の社長で、一等地に邸宅をかまえているのだという。

「亭主は、怜奈の過去を知らないのか？」

「知らないみたいだな。後をつけたけど、彼女、今じゃすっかりいいとこの奥様だからな。ボロは出さないよ」

「そうか……それじゃあ、何とかなるな。島岡さん、二人で怜奈をちょうだいしようぜ。あいつ、潮吹きだし、あそこの具合もけっこういいんだよ。どうだ？」

「いいですねえ。彼女は土曜日に池袋のパソコン教室に通ってる。その時を狙えばいいんじゃないかな。もちろん、最初は痴漢ですよ。それが私の流儀ですから」

「へへっ、いいぜ。じゃあ、金曜日にもう一度連絡するよ」

そう言って、宇川は電話を切った。

ドランク宇川の復活劇だぜ……気持ちはかつてのAV男優の頃に戻っていた。

土曜日の午後、宇川は島岡と示し合わせて、怜奈が使う駅に来ていた。しばらくすると、予定通り、怜奈がやってきた。

今日はスーツに身を包んでいる。長身で颯爽《さっそう》としているので、パステルカラーのスーツがよく似合う。タイトスカートから突き出たすらりとした脚線美は、今も一向に衰えを見せない。これでほんとうに子供を産んだのか、と疑いたくなるような抜群のプロポーションである。

「美人だな」

「そうだろ？　オッパイもきれいだぜ」

などと話しているうちに、池袋行きの急行がやってきた。たっぷり二十分はかかる。その間が勝負だ。

怜奈のすぐ後に続いて、二人も乗り込んだ。

車内は八分ほどの混みようである。このくらいのほうが、確信犯にとっては痴漢しやすい。だいたい寿司詰め状態では、いざとなった時に逃げ道がない。

二人は押されるふりをして、怜奈を反対側のドアのところへと押し込んだ。痴漢する際、ポジションは大切だ。いや、このポジション取りがすべてを決めると言っても過言ではない。ドアにもたれかかるように立った怜奈の前には、顔の知られていない島岡が、背後には宇川が位置する。サンドイッチ状態で、怜奈の抵抗を封じ込めようというわけだ。

柔らかなウエーブヘアを肩に散らした怜奈は、ドアの方に身体の向きを変えて、窓から過ぎ去る景色を眺めている。肩にかけた高級そうなショルダーには、ノート・パソコンでも入っているのだろう。

二人は体を寄せ合い、怜奈を乗客の視線から遮り、まずは挨拶で尻を触った。島岡が右手で、宇川が左手で、左右の尻たぶをそっと包み込む。

反応を確かめながら、同時に尻を撫でまわす。

すると、怜奈が手を後ろにまわして、二人の手を邪険に振り払おうとする。

負けじと尻たぶを鷲づかむと、怜奈が振り向いた。

「やめて！」

宇川が目一杯の笑顔を作った途端に、怜奈の表情が変わった。

「嬉しいねえ。覚えてくれてたみたいで……俺だよ。ドランク宇川だ」

正体を明かすと、彫りの深い美貌が可哀相なほどに引きつった。

「この前も、ありがとうさんな。かわいい娘さんだね。千春ちゃんだっけ」

痴漢の相手が宇川だとわかったのだろう。怜奈の顔が青ざめた。

「あんたのことはすべて知ってるよ。伊東加那子さん。豪邸に住んでるそうだな」

「……調べたの？」

「ああ……あんたの過去を旦那に話したら、どうなるかな？」

「どういうつもりなの」

「どうって……ちょっとの間、元に戻りたいだけだよ。AVの時代にね……オラッ」

怜奈を正面に向かせ、大胆に胸のふくらみをつかんだ。島岡も背後から尻たぶをつかんでいる様子だ。

「ううッ……何するの？　声を出すわよ」

「どうぞ、出してください。その代わり、あなたの幸せな家庭生活は終わりますよ。もっとも、ウソで固められた砂上《さじょう》の楼閣《ろうかく》だ。崩れても、当然ですけどね」

島岡が背後から言い聞かせた。周囲の客がいったい何事かと三人を見るが、かまやしない。どうせ、何もできないのだから。怜奈が哀願調で言った。

「苦労して、ここまで来たのよ。わかって！」

「おとなしくしてれば、それは黙っておいてやるよ」

口許を吊りあげた宇川は、強弱つけてブラウスの胸を揉む。ブラジャーが邪魔だが、それでも、胸の豊かな弾力は十分に伝わってくる。

「やめて……人が見てるわ」

怜奈がその手を振り払おうとする。ほっそりした腕をつかんでおいて、今度はタイトミニのなかに手を入れた。まくりあげながら、股間に指を届かせる。

太腿に弾き出されそうになりながらも、宇川の指は確実に柔肉をとらえていた。パンティストッキングの微妙な質感を味わいながら、指を立てて膣肉をうがつ。

「い、いやよ……」

怜奈が腰をよじった。その腰を後ろから、島岡がしっかりとつかんで固定する。

「いい加減、諦めるんだな。逆らうと、あんたの過去をばらす。旦那宛に『潮吹きの女・狂瀾地獄』を送ってやろうか。旦那、昂奮して、センズリこくかもな」

出演ビデオの題名を出すと、怜奈の抗《あらが》いがぴたりと止んだ。

恨めしそうに宇川を見ながら、何かに耐えるように唇を噛んでいる。

宇川はパンティストッキングとパンティの上端から手をすべりこませた。腹はさすがに前より贅肉《ぜいにく》がついている。だが、その肉の感触が怜奈の奥様としての歴史を感じさせて、かえってそそられる。

パンティの下には柔らかな繊毛がそよぎ、奥には湿った花肉が息づいていた。

ちょっと押すと、肉びらは簡単に開いて、指がぬめりのなかに潜りこんでいく。

「ううッ、はあァァァ！」

怜奈が手を強く握って、いやいやをするように首を振った。周囲の視線が一挙に集まってくるのがわかる。にらみつけてやると、視線が波のように引いていく。

タイトスカートを跳ねあげておいて、正面からじかに膣肉をうがった。

潤みきった肉襞がざわめくようにして、ねちゃねちゃと指に吸いついてくる。昔と変わらず、抜群の吸着力である。粘りつく肉畝《にくうね》をかきわけてピストン運動させ、時には内部をぐるりとかきまぜる。

「ああ、ああ……やツ……やよ……ああ、ううンンン」

怜奈が顔を上げたり下げたりして、快感をあらわにする。

島岡も後ろから腕をまわして、胸を責めていた。いつの間にかブラウスのボタンが上から三つ外され、隙間から右手が入り込んでいる。

左の乳房をブラジャーごと荒っぽく揉みしだき、教えたとおりに、弱点の耳を舐めしゃぶっている。

「ああ……ああ……ああ……」

性感の上昇が理性をも超えてしまったのか、怜奈はただただ切なげな喘ぎをこぼすだけになった。後ろの島岡に背中を預け、ふらふらしながら、湧きあがる愉悦に酔っている。

（怜奈は指でも、潮を吹くんだったな。ふふっ、この場で潮吹きさせてやるか）

宇川はねじこむ指を三本に増やした。強烈に締まる膣肉を押し退けるようにして、連続して抽送運動させると、怜奈がその手をつかんだ。いやいやをするように何度も首を振って、

「駄目……もう、駄目……出ちゃう。漏らしちゃう」

「何を漏らすんだ。オシッコか？」

怜奈は首を左右に振った。

「なんだ、まだ潮吹きなのか。吹いちまえよ。みんなの前で、お漏らししなよ」

耳元でいやらしくいたぶった。激しく指をすべらせると、内部の膣圧がぐぐっと高まり、膣肉がびくびく震えはじめる。潮吹きの前兆である。

「駄目、駄目、駄目……許して。お願い！」

「公衆の面前でお漏らしかよ……そうら、漏らせ」

「ううッ……ああ、あああァ……やッ……許して……ああ、しないで！　……あぁァアァ」

次の瞬間、何かが手に噴出するのを感じて、宇川はとっさに指を抜いた。

ピュッ、ピュッと温かいしぶきが迸《ほとばし》って、宇川の右手を濡らしていく。

絶頂に達したのか、怜奈は身体を震わせながらも、尿道のあたりからオシッコのような液体を吹きつづけている。

痙攣が止み、同時に潮吹きも終わった。

大量に噴出した液体がパンティからあふれ、パンティストッキングにまでしみだしていた。

宇川は股間から右手を抜いた。手のひらから指腹にかけて、ヌルヌルサラサラした透明な液体が粘りつき、油を塗りたくったように濡れ光っている。

指を擦り合わせながら匂いを嗅ぐ。

アンモニアの匂いはしない。この無色透明な液体が、いまだ解明されていない、Gスポット腺液と言われる「潮」なのである。

見ると、怜奈は床にしゃがみこんでいた。絶頂を示す痙攣を肩口に起こし、がっくりと座りこんでいる。

宇川は髪をつかんでおいて、島岡に目配せした。

こういう時、痴漢常習者は何をしたらいいのか察知してくれるので、話が早い。

島岡が二人と乗客の間に立って、衝立《ついたて》の役目をする。

ズボンを下げると、人よりは大きめのマラが飛び出してきた。AV男優として様々な女を相手にしてきた歴戦の強者である。いかなる時でもおっ勃《た》ち、持続力抜群の魔法の大杖だ。

「しゃぶれよ」

髪の毛をつかんで、怜奈の顔を引き寄せる。

潮吹きで朦朧《もうろう》としている怜奈は、すでにここが電車のなかという状況さえも忘れてしまっているのだろう。ためらうことなく、頬張ってきた。

鋭角にいきりたつ肉棹を上から咥えこむと、ゆっくりと顔を振りはじめる。

「ううゥ、ううゥ……うン、うン、うン」

両膝立ちで手を宇川の太腿と腰に添え、静かに頬張る。

男好きのする卑猥な唇が、根っこのような血管の浮き出た表面にいやらしくまとわりつき、ゆるやかにすべっていく。

その姿は、かつてのAV女優・中島怜奈そのものである。いいところの奥様を演じてはいるが、本質的には何ひとつ変わっちゃいないのだ。

怜奈はいったん肉棹を吐き出すと、邪魔なウエーブヘアを耳の後ろに束ねた。それから、少し顔を傾けるように大筒の裏筋に舌を這わせる。

電車がカーブにさしかかり、揺れた。

オットトという感じで倒れかかり、怜奈は宇川の腰をつかんで身体を支えた。

ふたたび電車が直進のゆるい揺れに変わると、安心したように舐めてくる。

「ああン……ああンン……」

ＡＶ時代そのままの卑猥な音をたてて裏筋から続く雛袋にまで舌を届かせ、さらにはねっとりと裏筋を舐めあげてくる。なめらかな舌が爬虫類《はちゆうるい》のようにいやらしくへばりついてくる。その間も、怜奈は肉桿を指で握って、しごくことを忘れない。

「全然変わってないな、あの頃と」

低い声で言うと、怜奈は今にも泣きださんばかりに眉根を寄せて、悲しそうに見上げてくる。

「ほら、早くイカせねえと、また新しい客が乗り込んでくるからな。案外、お前の知り合いが乗ってくるかもよ」

危機意識をあおると、怜奈はまずいと思ったのだろう、情熱的に追い込んでくる。右手を動員して、根元を握った。キュッ、キュッと何かを絞り出すかのようにしごきながら、先端をそれに合わせて頬張ってくる。

「うン、うン、うン……ああ、懐かしいわ……形も味も変わってない……うン……うン、うン、ンンンンンン」

続けざまに大きくしごかれて、とろけるような快感が差し迫ったものに変わった。昔取った杵柄《きねづか》で、宇川は射精をコントロールできる。ここは、顔射するつもりだ。怜奈は臭い液体を顔にかけられるのが、好きだった。

「おおゥ、出すぞ。顔にかけてやるからな。おおゥ」

唸った。怜奈は昔の怜奈そのままに、激しく顔を打ち振って追い込みにかかる。

「ウン、ウン、ウン、ウン……ンンンンンン！」

甘やかな愉悦が逼迫し、宇川はとっさに引き抜いた。

右手で発作寸前の怒張をしごくと、頭がおかしくなるような射精感とともに、白濁液が怜奈の顔面めがけて飛び散った。

臭い白濁液が乱れ飛ぶのを、怜奈は目を閉じて受けている。

栗の花の異臭を放つ精液は、髪の毛から瞼、さらに口許にまで付着して、ドロリと流れ落ちる。

強烈な匂いが車内にひろがり、怜奈がとっさにハンカチを取り出して、顔面の白濁液を拭《ぬぐ》った。

「いつまで座っているんだ。立てよ」

宇川は怜奈の手をつかんで、起き上がらせた。ゆっくりと立ち上がった怜奈の足元に、小さな水たまりができていた。

「見てみな。オシッコが、こんなに溜まってるな」

床を見た怜奈が、「いやッ！」と顔をそむけて、今にも泣きださんばかりの表情で唇を噛んでいる。

「こんなにオシッコ漏らしやがって……ブクロで下着、替えなくちゃな。聞いてるのか、あン?」

叱咤すると、怜奈は「はい」と消え入りそうな声で答えた。

3

池袋に到着すると、島岡がどこかに電話を入れた。

タクシー運転手の盟友がいて、長谷部とかいうやつが駆けつけてくるそうだ。

そいつを待つ間、池袋のデパートで、怜奈に思い切りエッチなスケスケ下着を数種類買った。二人の男に挟まれ、恥ずかしそうに下着を購入するモデルばりの美人を、店員が不思議そうに見ている。トイレで着替えさせた。

デパートの前で待っていると、個人タクシーが横付けされた。ドアが開いた。宇川と怜奈が後部座席に、島岡が助手席に乗り込む。

「紹介するよ。そちらが、ドランク宇川さん。もと棹師だ。こちらが、長谷部さん。私の盟友だ」

島岡に紹介されて、二人は「よろしく」とぎこちない挨拶を交わす。長谷部はこの女がかつてのAV女優であることには気づいているようだ。

「ちょっと、遠いけど、S町にSMホテルがあるだろ。あそこへ行ってくれないか」

宇川に言われて、長谷部が車を出す。

ホテルまでは二十分ほどはかかるはずだ。宇川は怯える怜奈にキスしながら、下半身をさぐった。買ったばかりの下着がすでにじっとりと濡れていた。

「せっかく新調してやったのに、もう濡らしやがって。これから自分がされることを思うと、マ×コが濡れるんだよな。いやらしい蜜が出てくるんだよな」

「苛めないで、お願い」

「そう言われると、ますます苛めたくなるんだよな、これが……オラッ」

いやがる怜奈を、脅しながら服を脱がせにかかる。

ジャケット、ブラウスと脱がせ、さらにスカートを落とした。

スケスケパンティを足先から抜き取ると、怜奈は恥ずかしそうに胸を手で隠し、太腿をよじりあわせる。

ちょうどその時、タクシーが信号待ちで交差点で停まった。

すぐ横で停車していたバイクの若者が、フルフェイスをこちらに向けて、ギョッとしたように動かなくなった。

「あいつ怜奈を見て、びっくりしてるぜ。オッパイを見せてやれよ」

胸を隠した手を背中にねじりあげた。カバーガールみたいに野性的な乳房がブルンと飛び出してくる。

宇川は乳房に手を伸ばして、ゆさゆささせながら、バイクに向かってとびっきりの笑顔を見せてやった。不気味に思ったのか、フルフェイスが前を向いた。

「根性がねえ男だな。せっかく見せてやってるのに、なあ、怜奈」

信号が青に変わり、タクシーが発進する。宇川はズボンを下げると、

「膝の上に座りな。前を向いて」

おずおずと怜奈がまたがってくる。すでにAV時代のセックスモードに入ってしまっているのだ。後ろ向きで背中を見せ、膝の上にケツを落とした。

まだ挿入はしない。宇川は背後から手をまわして、左右の乳房を揉みしだく。

子供を産んでオッパイがいっそうデカくなった気がする。つきたての餅みたいにやわやわと指に吸いついてくる。チイちゃんに吸われたためか、乳首も大きくなり、せりだし感が増している。乳首をこねまわしながら、強弱つけて乳肌を圧迫する。さらには、片手を太腿の奥にねじこんで、繊毛の切れ込むあたりをいじってやる。

「ああ、いやよ……これ、いや……」

顔を伏せて、もどかしそうに腰を揺する怜奈。

「入れて欲しくなったか？　お前の尻を突いてるものを、入れて欲しいんだろ？」

「ああン、でも……」

「でも、なんだよ？」

「こんなところで……」

「さっき、電車でフェラチオしたのは誰だった？　潮吹きしたのは、お前だろうが。入れたいんなら、自分で入れろ」

怜奈はためらっていたが、やがて我慢できなくなったのだろう。ちょっと腰を浮かせて、勃起を握った。先端を濡れ溝に押しつけ、二度、三度と腰を揺すって、先っぽに擦りつけた。それから、慎重に腰を沈めると、

「ううッ、はああァァァ！」

と上体をのけぞらせて、派手に喘いだ。

上反りの太棹が、すっぽりとマ×コに埋まっていた。

人妻の膣肉は、以前よりねっとり感を増しているように感じた。子供を産んだせいか窮屈さは減っているが、そのぶん粘着力を増した肉襞が、うねうねと肉棹にからみついてくる。

「マ×コの性能が良くなったみたいだな。旦那はかわいがってくれるのか？　毎晩、オマ×コしてくれるか？」

「……あの人のことは言わないで」

「悪いと思ってるのか？　旦那に申し訳ないってよ」

「そうよ。あの人に申し訳ない」

「申し訳なさついでに、自分で動くんだ」

背後から乳房を鷲づかむと、怜奈はくぐもった呻きをこぼしつつも、腰を揺すりはじめた。柔軟な腰をまるでいやらしい生き物に乗っ取られたみたいに、女のスケベ本性まる出しで、前後にすべらせる。

分身が根元から折られそうな刺激を感じながら、宇川は耳元に熱い息を吹きかけ、いやらしく舐める。するとこれが感じるのか、怜奈は、

「あッ、そこ、駄目……あああ、はあぁァァ……いやァァ、どうして？　どうして、腰が動くのよォ」

自分を責めながらも、ますます腰の律動は速く、大きくなる。

「どうだ、長谷部さん、見えるかい？」

「見えますよ、バッチリですよ。素敵な裸が卑猥にうねってるのが、バッチリ見えますよ」

「事故らないでくれよ」

宇川は繋がったまま、怜奈をシートに這わせた。リアシートに四つん這いにさせ、後ろから腰をつかんで突き刺していく。

「あッ、あッ、あッ……ああ、いい……！　ズンズン来る。太いのが奥まで突いてくる……ああァァァ、ああ、そこ……あン、あン、あン、あン」

怜奈が色白の背中を弓なりに反らせ、顔を上げたり下げたりしながら、悩ましい声を放つ。

「こいつ、ところかまわず発情しやがって。これで、いいところの奥様でいようなんて、甘いんだよ」

宇川がスイッチを押すと、後部座席のウインドーが音をたてて下がった。

「ああ、駄目……駄目……やめて、これ、駄目！」

怜奈が顔を腕に埋めて、隠す。

「まる見えだな。隣のトラックの運ちゃんが、こちらを見てるぞ。おおッ、今にも降りてきそうだ」

言葉なぶりすると、怜奈はますます羞恥に身を揉んで、

「いや、いや、いや……たすけて」

本気になって、総身をこわばらせる。

「そこから上半身を乗り出せ」

宇川はバックで繋がったまま、押していく。いやがる怜奈の髪をつかんで、上体を持ち上げた。そのままさらに押すと、胸から上がウインドーの外に飛び出した。

「いやァァァァ！……」

悲鳴がこだました。無理もない。走行中の車から、裸の上半身をさらしてしまって

いるのだから。外からは、無防備な乳房が見えているはずだ。

「やめて……マジでやめて」

宇川はやめるどころか、剝き出しのオッパイを鷲づかんで、揉みしだいたりする。

「宇川さん、周りがびっくりしてるよ。ほら、あそこの歩行者」

島岡が言った。反対側の歩道では、ラッパー風の若者がこちらを指さして、連れに何か話しかけている。すぐ隣を走る乗用車の、助手席に乗った営業マン風の男が、ギョッとした顔でこちらを見ている。

「おい、怜奈。みんながお前に注目してるぞ。マッパを見られて嬉しいだろ、そうら、いい声で泣いてみせろ」

宇川は腰を引き寄せ、パン、パン、パンと破裂音をたてて打ちこんだ。

「ああ、信じられない……うッ、うッ、うッ」

衆人のもとに裸体をさらし、後ろから非情に打ちこまれる怜奈の気持ちは、いったいどうなのだろう?

「この刺激がたまんないよな。見られてると昂奮するんだよな、怜奈は」

「ああ、死んじゃいたい。死なせて！　あぁァ、あン、あン、あン、あン」

怜奈は言葉とは裏腹に、ますます身を乗り出して、窓から落ちそうになりながら、喜悦の声をあたりにまき散らす。

「そこで、信号待ちですよ」

長谷部が心配そうに言った。タクシーが「赤」で停まった。

すると、さっきまで後ろをついてきていた大型四駆から、サングラスをかけた大柄な男が降りてきた。こちらに向かってくる。

「あんたら、さっきから、何してるんだ」

言いながら、怜奈と車内の様子をうかがう。

「すいません。ちょっとした遊びですよ。この女、見られながらやるのが好きなんですよ。なんなら、触ってやってください」

「……いいのか？」

「いいすよ。ほら、早くしないと信号が」

サングラスの男が革手袋をつけた手で、怜奈の乳房を揉みはじめた。

「ああ、やめて……」

「素直になれよ」

最初はおずおずと触っていた男だったが、次第に興が乗ってきたのか、両手を動員して、たわわな乳房を荒っぽく揉みはじめた。

「うん、お前、誰かに似てるな――ＡＶ女優だった中島玲奈だろ？」

サングラスの男が言った。

「違いますよ。他人の空似ってやつでしょ。そうら、嬉しいよな、お礼はどうした？」

言いながら、宇川はバックから怒張を叩き込んでいる。

「ありがとうございます……ううッ、ああ、やッ……うッ、うッ、うッ……ああ、信じられない……ああ、うッ、うッ、うッ……」

まさかの事態に直面しながらも、怜奈は本気で感じているのだった。

「信号、変わりましたよ」

長谷部に言われて、男が「オッ、そうか」と自分の車に戻っていく。

見ると、周囲に人が集まってきていた。なかには、ケータイをこちらに向けて、写真を撮っている者までいる。もしかしたら、そのうちの何人かは、女が中島玲奈であることに気づいているかもしれない。

そろそろヤバいと感じて、宇川は怜奈を車内に引き戻し、ウインドーを閉めた。タクシーが走り出すと、宇川は肉棹をいったん引き抜いて、体位を変えた。

リアシートに怜奈を仰向きに寝かせ、片足を高々と持ち上げておいて、正面から突入する。

「ああァァ」と声をあげて、顔をのけぞらせる怜奈を、猛烈なピッチで仕留めにかかる。グイグイ打ちこむと、

「ああッ……あン、あン、あン、あン」

怜奈は指でシートを掻きむしる。持ち上げられた足の親指が、快感そのままに折り曲げられたり、反ったりする。形良く隆起した乳房が、突くたびにプディングのように揺れて、劣情をそそる。

「見られて、昂奮しただろ？　あの野郎にオッパイモミモミされて、昂奮したんだろ、あン？」

「ああ、そうよ。すごく昂奮した。オシッコちびりそうだった」

「露出マゾだからな。そうら、くれてやる。イケよ。派手に気をやれよ」

覆いかぶさるようにして、続けざまに腰をつかうと、怜奈がしがみついてきた。

「ああ、ドランク、ちょうだい。怜奈のオマ×コにぶっかけてよォ！」

「そうら、ぶっかけてやる。臭くてドロドロのやつを、オマ×コに注ぎ込んでやるからな。おおゥ」

宇川はここが責め時とばかりに、深く速いストロークで突き刺した。

「くるわ……くる……ああ、あン、あン、あン……かけて！　今よ……」

「おおゥ、そうら！……おおォォ！」

続けざまに打ち込むと、怜奈が「うはッ！」と顔をのけぞらせた。

絶頂の痙攣を感じて、宇川も精を放った。

熱いしぶきを体内に浴びて、怜奈はひしとしがみついてくる。やがて、力が抜けたのか、ぐったりとシートに横たわった。

4

ＳＭホテルに到着すると、三人は「拷問部屋」と名付けられた部屋に、怜奈を連れていった。広々としてはいるが、どこか西洋の城のなかの拷問部屋を思わせる室内には、牢獄があり、さらには十字架の磔台《はりつけだい》、三角木馬、吊り用のチェーンブロックなどが設置してある。

「けっこう、面白い部屋だろ。前に撮影で使ったことがあるんだ」

宇川がジャラッとチェーンブロックを鳴らした。

「今時、こんな部屋があるとは、オーナーもやるねえ」

島岡が感心して言った。長谷部が頷いて、

「これは、どうやって使うんです？」

と、三角木馬を触って聞いた。

「この尖った頂点に、女のあそこを乗せるわけだ。それでもって、昔は女に重しをつけたりしたみたいだな。拷問器具だからな」

宇川が答える。その間も、怜奈はおぞましい器具を見ては、震えているのだ。

「なんで震えてるんだ？　自分がされることを想像すると、昂奮して、オシッコちびりそうなんだろ、うン？」

宇川は馴れ馴れしく怜奈の肩を抱いて、早速、スーツの上着を脱がせた。

黒のブラジャー付きコルセットが、あらわな乳房を下から押し上げていた。

さっき、車のなかで着替えさせたのだ。デパートで購入したものだった。

コルセットにはガーターベルトが付いていて、サスペンダーが太腿までの黒の網ストッキングを吊っている。もちろん、パンティははかせていない。

部屋に用意してあった赤のピンヒールをはかせると、もともと長身で長い足が、さらに強調されて、颯爽としている。

「なんか、女王様みたいですね」

長谷部がうっとりした顔で言う。玲奈がＡＶ女優であることは知ったのだが、実際に彼女のビデオを見ていないので、玲奈が潮吹きのマゾであることは知らないのだ。

「あんた。マゾっけがあるのか。なんなら、こいつに鞭《むち》でも打たせてやろうか」

宇川に言われて、「いや、けっこうです」と、長谷部が尻込みする。

「じゃあ、まずは吊るしてみるか」

部屋に用意してある器具から、宇川が革製の手枷《てかせ》を取った。怜奈に両手を前に出させて手枷をはめ、そこにチェーンブロックのフックを掛けた。

「いやだわ。こんなことしたことないわ」

と、尻込みする玲奈を叱咤して、宇川はチェーンを引き上げていく。ジャラジャラと金属が擦れる音が響いて、怜奈の腕が頭上に上がった。

さらに引いて、怜奈の身体が真っ直ぐに伸び、爪先立ったところでチェーンブロックを固定する。美しく驕慢《きょうまん》な美女奴隷のできあがりだ。

「二人でかわいがってやってくれ。俺はちょっと用意することがあるから」

そう言って、宇川はバスルームに消えた。

「長谷部さん、前からしなよ。俺は後ろからかわいがるから」

島岡は後ろにまわり、乳房をつかんだ。微熱を帯びた乳肌がしっとりと指にまとわりつく感触を愉しみながら、やわやわと揉む。

長谷部は抜群のプロポーションを撫でまわしていたが、やがて、股間に指を入れて、責めはじめた。

「ううッ！　……ああ、ああンン……やッ……ああ、それ……ううッ、感じる」

怜奈が腰を揺すりはじめた。長谷部がズボンを下げて、怒張を押しあてた。

ふらつく怜奈を支えながら、片足を持ち上げて、挿入する。

捻りながら突き上げているのを見ながら、島岡は責め具をさがす。

壁に何本もの鞭が掛かっていた。一本鞭は使いこなせないので、鞭が何本にも分かれたバラ鞭を手に取った。試し打ちをしながら近づくと、すでに長谷部は射精してしまったようで、怜奈の内腿にどろっとした白濁液が付着していた。

「駄目よ。それは駄目……跡が残っちゃう。パパに言い訳できない」

怜奈がいやいやをするように首を振った。

「面白いじゃないか。旦那に、ありのままを話せよ。案外、パパさんも昂奮しちゃうんじゃないか」

島岡はリストを利かせて、バラ鞭でかるく胴体を打った。

「ああ、駄目だったら」

「うるさくすると、もっと強く打つからな」

島岡は徐々に強く、バラ鞭を浴びせていく。

横に払うように胴のあたりを打っていたが、やがて、初めての鞭打ちに昂奮してきて、自然に打つ手に力が入ってしまう。

鞭を縦に使って、胸を打った。何本にも分かれて編み込まれた鞭先が、豊満な乳房にピシッと命中し、

「いやァァ……！」

空気をつんざくような悲鳴があがった。

その間にも、長谷部は棚に入っていた何種類かのバイブから、透明なものを選んで

手に取り、いそいそと近づいてくる。

「怜奈さんもスケベなオマ×コしてるねえ。ぱっくり開いて、なかからいやらしいオツユが垂れ流し状態だ。そうら、こいつが欲しいんでしょ」

そう言って、スケルトンの大型バイブを、静かにめりこませていく。

「いやァァ！ ……ああァァ、大きすぎる……裂けるゥ！」

顔をのけぞらし、奥歯を噛む怜奈。

長谷部はバイブのスイッチを入れて、頭を旋回させる大型バイブをズリュッ、ズリュッと押し込んでいく。

「ああ、ああァァ……きつい……ああゥゥゥ」

つらそうに眉根を寄せる怜奈を鑑賞しながら、島岡はコルセットで押し上げられた乳房を、鞭の柄で突いた。

粒立った乳輪と尖った乳首を、鞭の柄で擦ったり、こねまわしたりする。

ぐにゃりぐにゃりとへこむ乳房が愉快だ。玩弄を終えて、鞭打ちを再開した。

たわわに隆起した二つの乳房を、交互にバッテンを作るように打つと、見るまに乳肌が赤く染まる。

「ああ！ ……ううッ……うあッ！ ……うあッ！ ……許して、許してください。私が何か悪いことをした？ しました？」

怜奈が今にも泣きださんばかりに眉根を寄せる。

「旦那に嘘をついてる。虚偽の自分を作って、奥様におさまってる。詐欺だろ。犯罪だろ」

そう言って、ふたたび鞭の柄で、乳房をぐりぐりと突いた。

「ううッ……痛い……痛いの……やめて……かんにんして」

「駄目だ、かんにんできない」

島岡は今度は背後にまわり、尻のあたりを思い切りしばいてやった。尻は肉が厚いから、強く打っても大丈夫だろう。

続けざまに鞭を浴びせると、怜奈は「うッ！　……うッ！」と痛みに耐えて、ブルブル尻を痙攣させる。デカい尻に、赤い鞭跡が何本も走っていた。

厳しく打ち据え、時間を置いてまた打つ。

すると、怜奈の身体がいやらしくくねりだした。

「熱いわ。火照《ほて》ってるの。ぶたれたところが、ジンジン疼《うず》いてる。もっと、もっとバイブをちょうだい。鞭もちょうだい。もっとよ……ああ、おかしくなるゥ！」

怜奈に煽《あお》られたのか、長谷部がしゃかりきになって、バイブを抽送させている。

「イケよ。鞭打たれて、気をやれよ。そうら！」

真っ赤に染まった尻たぶを打つと、全身を震わせていた怜奈が、

「ああ、ああァァァ！　……イクぅ。イッちゃう！　……ああ、ああァァァ……はうッ！　うム」

最後は生臭く呻いて、全身を弓なりに反らせた。その瞬間、

プシュッ！　プシュッ――。

バイブを埋め込んだ膣肉の上部から、ホースから噴出するシャワーのように液体がよじれながら、飛び出す。

「いやァァ！　……出てるぅ！　見ないで……！　いやァァ」

顔をそむけて、いやいやをする怜奈。それでも、一度放出した潮吹きは堰《せき》が切れたように止まることを知らない。

「うわァァ！　出てきた。かかってるぞ」

顔面に潮を浴びながら、長谷部は気色悪く微笑んでいた。

いったいどのくらいの量が放水されたのか、噴出がやんだ時には床にも水溜まりを作っていた。長谷部は人間の驚異を発見したような顔つきである。

「まいったな、こんなに潮を吹いて」

顔面に付着した液体を、舌を出して舐めては、

「ううン、やっぱり、オシッコとは違うな。まったく、味がない」

長谷部はしたり顔でニヤついている。

5

「やっぱり、潮を吹いたか。前と全然変わってないな」

宇川がバスルームから出てきた。手には白い溶液をたたえた洗面器を持っている。

「宇川さん、それは？」

「浣腸液と注射器だよ。浣腸してやろうと思ってね」

不気味に笑った宇川は、ふらふらの怜奈を降ろすと、床に四つん這いにさせた。

数百ＣＣの容積を持つ注射器型シリンダーに、チューと白い溶液を吸い込むと、ノズルを怜奈のアヌスにあてた。ようやく正気に戻った怜奈が、

「いやァァ！　私、お浣腸は駄目なの。お腹が痛くなって、体質に合わないの」

「知ってるよ。だから、やるんじゃないか。大丈夫。温めた牛乳だから。腹痛を起こすことはないよ。気遣い、ありがたく思いなよ」

安心させておいて、宇川はガラス製の嘴管《しかん》を菊の窄《すぼ》みにあてた。ちょっとねじるようにすると、ノズルがプチッと括約筋を弾いて潜り込んでいく。

「そうら、入れるぞ。どんどん入ってく」

宇川はピストンを押して、ミルクを注ぎ込む。

全部入れると、また新たなミルクを吸い込んで、二度目の浣腸を行った。何度も繰

り返すと、怜奈の腹部がそれとわかるほどにぷっくりと膨れ上がる。

「どうだ、腹痛は起きないだろ？」

「ええ……でも、きついわ。お腹が膨れて、なんか……」

「当然だろ。一リットル近く入ってるからな……おおぅ、ミルクが逆流してきた。しっかり、締めろよ！」

尻を叩いて、宇川はポケットから飴色のものを取り出した。

「ゴムのパンツだ。こいつをはいてもらおうか」

キュルル、キュルルとゴム擦れの音をさせて、ゴムパンツをはかせた。

宇川は飴色のゴムが好きだった。この半透明の薄いゴムが、ぴったりと肌に吸いつくのが、たまらなく好きだった。

「ああ、どうするの？」

不安げな声を出す怜奈は、一段と妖艶さを増したようだ。薄いゴムパンツがぴっちりと臀部を包みこみ、前からは黒々とした繊毛の翳《かげ》りが透けだしていた。

「この格好で、三角木馬をまたいでもらおうか」

「いや、そんなのいやよ」

腰を引く怜奈を引き立てていき、三人がかりで木馬に乗せた。

両手を手枷でひとつにくくられた怜奈は、つらそうに前に屈み込み、少しでも食い込みを減らそうと必死だ。それでも、三角の頂点が、ゴムパンツの股間にきっちりと食い込んでいるのが見える。

後ろに突き出された尻を、宇川はいやらしく撫でまわす。

いやな音をたてて軋《きし》むゴムパンツごと、豊かな尻たぶをつかんだり、スパンキングしたりしながら、もう片方の手では妊婦のように膨らんだ腹を撫でたり、強く押したりする。

「いや……お腹はやめて……駄目。駄目よ……ああ、したくなっちゃう……したくなるから……ああ、ううッ……やめて」

怜奈の美貌はゆがみ、額の生え際からは、ねっとりした脂汗が噴き出ていた。排泄を我慢する雰囲気が全身から匂い立ち、男たちは嗜虐心《しぎゃくしん》をそそられてしまうのだ。

十分ほどたっただろうか、急に怜奈の様子がおかしくなった。

「ううッ……ううッ……おトイレに……行かせて……おトイレ……」

言葉を発するのもつらいといった様子で、全身をこわばらせている。

「駄目だ。このままするんだ。心配するな。ピチピチのゴムパンツが襁褓《おむつ》の役目をしてくれる。飛び散ることはない……小さい頃、襁褓にしてただろうが。あれと一緒だ。そうら、していいぞ。そうら」

宇川は意地悪く、妊婦腹をマッサージする。

「駄目ッ！　……うッ……うッ……いや……」

　飴色のゴムを張りつかせた尻が、一瞬緩みかけ、それをすぐに締め直す。数度繰り返された後で、

「向こうへ行って！　見ないで！　ううッ……ああ、はあァ……」

　グラマラスなボディが震えた。直後に、お下劣な音が迸った。

　怜奈は気持ち良さそうに眉根をひろげ、惚《ほう》けたような顔をしていた。この瞬間、怜奈の気持ちはどこか他の世界へと旅立っているのだろう。

　やがて、放出音がやみ、怜奈は青息吐息で木馬の上でぐったりとなった。

「派手にヒリだしやがって……おおぅ、臭い。鼻がひん曲がるよ」

　宇川は言葉なぶりしながら、怜奈をトイレに連れていって下の世話をする。バスルームで全身を、とくに尻を石鹸を使ってきれいに洗った。

　洗浄される間も、怜奈はおとなしい。屈辱的な排泄を見られて、もう完全に抗う気持ちが失せてしまったのか、されるがままである。

　だが、まだこれからが本番だった。

　二人を呼んで、三人がかりで寄ってたかった状態で、怜奈の裸身にローションを塗り伸ばしていく。

　たわわな乳房にも、むっちりと張ったヒップにも、水溶性のラブ・ローションを塗

り込めると、瞬く間に色白の裸体が妖しく光沢を放ち、胎内から出てきたばかりのようなヴィーナスができあがる。

「ああ……ああンン……欲しいわ。欲しい」

浣腸で理性が壊れてしまったのか、怜奈はとろんとした目で、勃起に手を伸ばしてくる。

「しょうがねえ女だな。ほら、そこに這って」

怜奈がバス・マットの上に四つん這いになった。

「二人のチンチンをしゃぶらせてもらえよ」

目の前に突き出された勃起を、怜奈は進んで頬張りはじめた。最初は指をつかってしごいていたが、やがて、ぱっくりと咥えこんで、顔を振りはじめる。

「うふッ、うふッ、うふッ……ああンン、欲しい。これが欲しい……ああゥゥ、うふッ、うふッ、ううン、うン、うン」

宇川はローションを、にゅるり、ちゅるりと自らのペニスになすりつけた。アヌスをちょうだいするつもりである。怜奈はAV時代にはアナルはNGだった。おそらくまだアナルバージンだろうと読んでいた。

怜奈の背後に位置して、まずは尻を撫でまわす。高く突き上げられた尻はローションまみれでぬめ光り、ヌルヌルスベスベした感触がたまらない。

丸々とした尻の狭間で、セピアに色づく小さな窄みがひくひく震えている。

「動くなよ。いいな」

命じておいて、屹立を窄みに押しあてた。何をされるのかわかったのだろう。

「い、いや……お尻はいやよ」

怜奈がフェラチオをやめて、腰を逃がした。

「やっぱり、アナルバージンか。そういえば、ビデオ時代にもやってなかったな。再会記念だ。ここのバージンを奪ってやるよ。ケツを上げろ！」

尻たぶを叩いて、尻を押さえ込んだ。

「いや、許して！　そこはいやです！」

「千春ちゃんがどうなってもいいんだな」

脅すと、怜奈の動きがぴたりとやんだ。

「ひどいわ。私が何をしたというの？」

「お前の存在自体が気に食わねえんだよ。スケベなくせに、金持ちの奥様におさまりやがって……オラッ！」

いきりたつ肉棹を押しつけた。

「ケツを突き出せよ」

上から押さえつけて姿勢を低くさせ、ぬめ光る雛の凝集《ぎょうしゅう》に狙いをつけた。押し込みにかかる。二度、三度とすべった。

勃起に指を添え、徐々に体重をかける。

すると、ようやく切っ先が窄みの中心をとらえた。グロテスクな亀頭が菊の花を押しひろげ、強い抵抗を受けながらも、潜りこんでいく。

何かが爆《は》ぜるような感触とともに、ズルズルッとなかにすべりこんだ。

「ううッ、うはッ!……はあああ」

入口の括約筋が小さなゴム輪のように肉棹の根元を締めつけてくる。

「狭いぞ。怜奈のケツが、締めつけてくる。いい感じだ。ビクビク締めてくる」

吼えながら、腰をつかった。素晴らしい緊縮力である。狭いところに無理やり分身を通しているような感覚が、緊張感に満ちた快感を生む。

「い、いや……苦しい……お願い、動かさないで」

怜奈が涙声で訴えてくる。

「島岡さんのをしゃぶれよ。チンチンしゃぶってれば、少しは楽になる」

命じると、怜奈もよほど切迫していたのだろう、言われたとおりに肉茎を咥えた。

島岡が頭をつかんで、強制フェラに切り換える。

「うォォ、うォォ……うン、うン、うン」

「長谷部さん、こいつのオッパイとマ×コをいじってやってよ」

長谷部がしゃがんで、四つん這いになった怜奈の乳房をもてあそびはじめる。それを見て、宇川は肛姦を再開した。

腰の両側をつかんで引き寄せ、怒張を叩き込んでいく。膨張しきった海綿体はおろか、その奥まで達するような強烈な締めつけ感が、たまらない逼迫感を呼ぶ。

肉棹を咥えさせられながら、乳房とクリトリスを苛め抜かれて、怜奈はくぐもった呻きを噴きこぼす。薄く油を引いたようにぬめ光る裸体が、湧きあがる快感を封じ込めて、妖しくうごめく。

「そうら、感じてきたぞ。長谷部さん、もっとかわいがってやっていいですよ」

宇川に激励されて、長谷部がしゃかりきになって乳首をもてあそぶ。腹の下にも手を入れて、恥肉を愛撫し、クリトリスをいじっている。

「ううッ……おおゥゥ……ううッ、ううッ……ヤッ、許して……」

咥えられなくなって、怜奈が勃起を吐き出した。それを、島岡はふたたび強制フェラにもっていく。

宇川はここぞとばかりに、腰をつかう。いまだに緊縮力を緩めることのない狭い肉孔を、いきりたつ太棹でこれでもかと押しひろげていく。

途中で尻肉を鷲づかんだり、スパンキングする。ストレートに変化を加え、ねじるようにアヌスを攪拌《かくはん》した時、怜奈の様子が変わった。

「怜奈はマゾだからな。ケツを犯されて、ほんとは嬉しいんだ。わかってる。そうら、もっと悦ばせてやる」

宇川は両手で腰を引き寄せながら、下腹を突き出した。

続けざまに深いところに届かせると、怜奈はチュルッと勃起を吐き出して、切羽詰まった声をあげた。

「ああ……ああ、つらい……ウン、うン、うン……ああ、あぁァァ、どうにかして……怜奈を目茶苦茶にして！」

「そうら、落ちろ」

宇川は尻を引き寄せ、連続して怒張を叩き込んでいく。

「あッ、あッ、あッ！　……ああ、へんだわ。切ない……お腹が落ちる。ああ、落ちてく。吸い込まれる……あぁァ、あぁァァァァ……はうッ！」

怜奈が背中を一杯に反らせた。のけぞったまま、烈しく躍りあがると、憑き物が落ちたように前に突っ伏していく。

「おおゥ、イキやがって……この恥知らずが！　おおゥ！」

宇川も後を追うようにして、男液を爆発させた。

狭くなった輸精管を精液が通過する快感が、背筋から脳天にまで走り抜ける。

第三章　白衣の奥の湿地

1

その日、朝までタクシー勤務を続けた長谷部弘志は、タクシーを駅の駐車場に停め、ふだん着に着替えた。個人タクシーをやっていると、自由が利くからいい。

もっとも、家に帰っても待っている人はいない。

女房とは別れていた。いったん仕事に出ると、一昼夜は帰ってこない。その不規則な生活に、女房が耐えられなかったのである。

ひとり息子もすでに独り立ちしたし、ある意味では、長谷部は四十八歳にして自由な生活を手に入れたのである。

昨夜は長距離の客を二組取ることができた。あとは、自分の性癖を満たすことができれば最高なのだが……。

駅のプラットホームに立つと、ごく自然に獲物を物色している自分に気づく。小学生時代に目覚めた、電車のなかで女の尻を触るという痴漢癖はこの歳になってもいっこうに抜けなかった。

ソープ嬢と本番セックスをしても、痴漢のスリルあふれる快感は味わうことはできなかった。痴漢でないと体験できない昂奮が、自分にはしみついてしまっているのだと思う。

ちょうど通勤時間にあたるホームには、サラリーマンやOLたちが険しい顔で電車を待っている。会社勤めは大変である。何があっても決まった時間に出勤して、バカな上司に怒ることもできずただひたすらわが身を守ることに専念する。

はっきり言って、長谷部にはできない。

ホームを見渡していると、列の後ろにケータイでメールを打っている若い女に目が止まった。十八、九だろうか。大学か専門学校に通っているのかもしれない。

ストレートのボブヘアがレトロで中年の気持ちをそそる。顔も目鼻だちがはっきりしているが、厭味《いやみ》というわけではなく、むしろかわいい系で、真面目な感じがする。

肩に飾りのついた半袖ブラウスに、ジーンズの（今はデニムというらしいが）ミニスカートをはいていた。モデルのようなほっそりした足とはいかないが、しかし、若く健康的な女らしく、むちっとした太腿がむしろ卑猥な官能をかきたてる。身体はやや小柄だが、ブラウスを突き上げた胸は大きい。

長谷部の好みのタイプだった。さりげなく女の後ろについた。

長谷部は痴漢する女に、似ている女優やタレントの名前をつけて、かってに綽名《あだな》で呼ぶことにしている。

(誰かな？　そうだ、あいつだ。堀北真希だ。マキちゃんで行くか)

などと呼び名を考えているうちに、快速電車がホームにすべりこんできた。数えるほどの客が降りて、大量の客が乗り込んだ。

長谷部は押されるふりをして、「マキ」を反対側のドア付近まで押し込んだ。ドアのほうを向いたマキの背後にぴたりと張りつき、これは俺の獲物だと縄張りを主張する。

電車がスムーズな加速で安定を取り戻すのを待って、まずは手の甲をお尻にあてて、ご機嫌をうかがう。

この段階でいやがる女がいたら、まず見込みはない。だが、マキはドアの窓から移り行く景色を眺めている。

ならばと、静かに手を裏返し、今度は手のひらのほうで尻をソフトに押し包んだ。わずかに尻肉がこわばった。しかし、いやがる素振りはない。

(よしよし、いいぞ)

スカート越しに尻を円を描くように撫でた。

マキが尻を前に逃がした。だが、前にはドアがあるから、一定以上は無理だ。

今度は左右に尻を振った。かまわず手のひらを密着させていると、諦めたのか、動きがやんだ。だが、ジーンズの上からでは、厚いデニムの素材が邪魔になって思う存分感触を味わうことができない。

長谷部は少しずつ右手をおろしていき、反対に少しずつミニスカートをめくりあげた。膝上二十センチだから、難しいことではない。そのまま尻へと指を届かせる。

尻肉がググッとこわばり、マキが手を後ろ手につかんだ。

引き剝がそうと力を込めるのだが、長谷部は踏ん張って手を尻に密着させ続ける。しばらくの間、攻防戦が行われた。マキの手をつかんで動きを止め、もう一方の右手でじかに尻を撫で続けた。

パンティストッキングをはいていなかった。じかにパンティのコットンらしい柔らかな感触が伝わり、発達した尻の豊かな張りつめ具合もわかる。

攻防戦に負けて諦めたのか、マキはうつむいたまま動かなくなった。それをいいことに、長谷部は触りまくる。尻たぶを片方ずつ丹念にさすりまわした。

豊かさを確かめるように全体に指をかるく食いこませると、

「いやッ……」

マキは長谷部だけに聞こえる小さな声で言って、かるく腰を揺する。それでも、強くは抗おうとはしない。

(マキちゃん、性格がおとなしくて、強引に出られると拒めないんだな。可哀相に、痴漢されやすいタイプだな)

だからといって、同情してるわけではない。徐々に手をおろしていき、左右の太腿の合わさるところに指を添え、そのまま上へと届かそうとする。

すると、双臀がクイッと引き締められ、股間が前に逃げた。

一瞬触れた狭間の、柔らかく沈み込むような感触に目眩《めまい》を感じつつ、むぎゅうと締めつけられた太腿の上端を指でこじ開けながら、左手ではウエストのあたりを愛情込めてさすってやる。

じかに触れた冷たい太腿が、温まり、汗ばんでくる。

マキは完全にうつむきながらも、絶対に指の侵入は許さないといった様子で、必死に太腿をよじりあわせている。

その時、電車がカーブで揺れた。オットトという感じで、マキの足がひろがった。

すかさず、指を股ぐらに押し込んだ。

「あッ！　……駄目ッ！」

開いた足がまた締めつけられる。だが、寸前に右手が手首まで深々と股ぐらを割ってしまっていた。マキはいやいやをするように首を振りながら、懸命に締めつけてくる。それも並みの締めつけではない。

ギュウ、ギュウと間を置いて、左右の強靭《きょうじん》な太腿で手首を圧迫してくる。たまらなくなって、黒髪からのぞく耳元に息を吹きかけた。

「ああッ……」とマキは吐息をこぼして、細かく肩を震わせた。どうやら、マキちゃんは耳が弱いらしい。

かわいい耳殻《じかく》を舐めしゃぶりながら、股間を責めた。足がひろがり、指の侵入をいやいやながらも認めた感じである。

(こんなのひさしぶりだ。島岡さんとつきあうようになって、私にも運が向いてきたらしい)

長谷部はここが責め時とばかりに、パンティの上部から手をすべりこませた。木綿の布地が伸びて、むちむちぷりぷりした尻がじかに手のひらに触れる。

左右の尻たぶを撫でまわしてから、谷間へと一気に指をねじこんだ。

「あうッ……！」

マキの顔が跳ねあがる。

濡れていた。こんなかわいい顔して、純情そうなのに、雌の器官をまさぐられて、いやいやながらもマ×コを濡らすのだ。

(こたえられん。これがあるから、痴漢はやめられない)

長谷部はそぼ濡れた恥肉を、裂唇に沿って撫でさすった。

するとわれめから温かな分泌液がそれとわかるほどあふれでて、指をぬるぬるになるまで濡らすのだ。

ようし、これならと、さらに前に指を届かせ、湿地帯の潤みをかきわけるようにして、クリトリスを刺激する。

手さぐりでも明らかにそれとわかる尖りきった小さな肉の芽を、包皮ごと指で挟み込んだり、じかに突起に触れてこねまわすと、

「うン、うン……駄目……やめて……あッ……ううン……」

マキはこぼれかかる淫ら声を懸命にこらえながらも、太腿で強く手首を圧迫し、下腹を前後に揺らす。

ドアの横のアルミパイプを握った指に、白く変色するほどの力が込められている。

かわいい女の子のまさかの乱れように、長谷部の股間も痛いほどに勃起していた。

全身がペニスになったようだ。ドクッ、ドクッという鼓動が、やけに大きく聞こえる。燃えたぎる炎に任せて、中指を立てて膣肉に押し込んだ。

「うッ！……はあァァァ」

マキが顔をのけぞらせた。内部はびっくりするほどに熱く、滾るように溶けた肉の畝が、指を包みこむ。

（これは現実か？　夢ならば醒めないでほしい。私は電車のなかでこんなかわいい子

のオマ×コに、指を入れたのだ！）

後ろから突っ込んだ指を小刻みにピストン運動させたり、からみつく粘膜を攪拌しながら、長谷部はぴったりと体を密着させている。

マキは喘ぎを押し殺し、湧きあがる愉悦を払うかのように顔を左右に振る。

それでも、第二関節まで押し込んだ指で、潤みきった粘膜を刺激すると、こえらきれなくなったのか。

「う、あぁァァ……ウソよ。こんなの……ううッ、ンンッ」

顔を上げ下げして、抑えきれない声を絞り出す。けなげに指の侵入をこらえるとと のった顔が、ドアのガラスに映っている。

周囲の客は完全に気づいているようで、非難がましい目で長谷部を見ている。

このまま続けたら、痴漢で駅員に突き出される可能性もある。だが、かまやしない。どうせ、自分には心配してくれる女房も子供もいないのだ。

（ええい、なるようにしかならんのだ！）

せわしない息づかいで上下動する胸のふくらみが、誘った。

肩のところが膨らんだ半袖ブラウスの胸を、左手で覆った。

マキがびっくりしたように、胸に伸びた手を見た。

かまわず揉みしだく。かわいい顔をしているのに、オッパイはデカい。

五本の指で強弱つけてふくらみを圧迫しながら、恥肉にねじこんだ指で潤みを攪拌したり、抽送する。

「ううッ……ううッ……」

深々とうつむいたマキは顔を左右に振って、最後の抵抗をしていた。

胸のふくらみのトップをさぐりあて、ブラジャー越しにではあるが、乳首をつまみだすようにして刺激する。オカッパ頭から発散する柑橘系のコンディショナーの匂いが鼻孔にしのびこむ。

今だとばかりに挿入する指を二本に増やし、リストを利かせて速射砲のように膣肉に叩き込んだ。

ついに、マキが崩壊する時がやってきた。すでに周囲は気にならなくなったのか、湧きあがる快感に身をゆだねて、顎を突き上げている。

左右の尻たぶがむぎゅう、むぎゅうと絞りこまれ、まるで指の抽送運動に合わせるようにして、前後に揺れている。

「そうら、イッていいんだよ。我慢しなくていいんだ。そうら」

耳元で囁いて、グイと膣肉をえぐった瞬間、

「はうッ……！」

マキが背筋をのけぞらせて、伸び上がった。

ガクガクッと細かい震えが起こり、気絶したかのように背中を預けてくる。

2

「マキ」は終点の渋谷で電車を降りると、乗り換え通路に向かった。

長谷部は何かに憑かれたように、マキの後を追う。右手の指にはいまだに愛液の残《ざん》滓《し》が付いていた。人さし指と中指が、前を歩く女のオマ×コの潤みを知っている。

マキが地下鉄に乗った。長谷部も少し後から乗り込む。

また、痴漢の続きをするつもりだった。だが、地下鉄はすごい混みようで、長谷部は人波に巻き込まれてマキから遠ざかってしまった。しまった、と思いながら、じりじりして様子をうかがっていると、マキがおかしい。

さっきと同じように顔を伏せ、時々唇を噛みしめている。

(ウン、痴漢されているのか？)

遠巻きに、観察する。正面に立った男が痴漢に違いない。

すさんだ感じの不精髭を生やした自由業風の男で、マキの様子を卑屈な目で眺めまわしながら、右肩を落としている。右手で股間を触っているのだ。それに、左手に持った丸めた週刊誌で、さりげなくマキの胸のふくらみを押しているのだ。

(あの野郎！　私の「マキ」ちゃんを！)

苛々《いらいら》している間に三駅を通り過ぎ、四つ目の駅で、マキはあわてて地下鉄を降りた。すると、あのふざけた痴漢男まで、後をついていくではないか。

(いかん、やつは、マキをどこかに連れ込むつもりだ)

長谷部もあわてて電車を降りて、二人の後を追った。

マキは改札を抜け、地上に出た。

だらだら坂をゆっくりと歩いていく。確かここを上ったところに、有名な病院があるはずだ。

(患者として行くにはまだ時間が早い。マキちゃん、ひょっとして病院関係者か)

などと推測しつつ坂を上っていくと、数メートル後をつけていた男が駆けだした。

マキの手を引いて公園に連れ込んだ。

「いやです。やめてください！　警察を呼びますよ」

マキがその手を振り払おうと、もがいている。

「さっき、マ×コまで触らせてくれただろ。ヌレヌレマ×コをさ」

「そ、そんな……ウソです」

「ほら、こいつの匂いを嗅いでみろよ。あんたのマン汁のくせえ匂いがする。なッ、わかってるから。そこのトイレで、なッ」

「いやァア！　たすけて！　誰かたすけて！」

マキが腰を引いて、救いを求めた。気づいた時には、長谷部は駆けだしていた。闘争心がむらむら湧いてくる。こんな熱い気持ちになったのは、いつ以来だろう。

「やめなよ、あんた。いやがってるだろ」

手を引き剝がそうとすると、男がいきなり殴りかかってきた。かわす間もなく、右ストレートが鼻っ柱に命中した。

ツーンという衝撃の後に、錆《さび》のような血の匂いがした。

温かいものが伝い、口に垂れた。舐めると、やはり血液の味がした。

大量の鼻血を垂れ流しながら、長谷部は無我夢中で男に飛びかかっていった。打撃は不得意である。タックルすると、相手が仰向きに倒れた。

その拍子に腰を地面で打ちつけたのか、「うッ」という呻《うめ》き声が聞こえた。馬乗りになろうとすると、男が長谷部をはねのけた。

「くそッ！」

長谷部をいまいましげににらみつけて、バタバタと走り去っていく。

マキが駆け寄ってきた。心配そうに顔を覗き込んで、

「すごい、鼻血。なかが切れてるんだわ。これで押さえていてください」

渡されたハンカチで、長谷部は鼻を下からつまんで顔を仰向けた。清潔なハンカチからは香水みたいな甘い匂いがして、長谷部をいい気持ちにさせる。

「ありがとうございます。危ないところをたすけていただいて……あの、鼻血、すごいから、治療しましょう。私、すぐそこのK病院のナースをしているんです」

マキの言葉に、やはりそうかと思った。

この若い女の子がナースなのだと思うと、何やら甘えたいような、それでいて意地悪したくなるような不思議な感情が湧きあがってくる。

マキとともにK病院に到着すると、すぐに外科病棟のナースセンターに連れていかれた。

途中で話したのだが、マキは西田薫子《にしだかおるこ》と言って、今年病院に入ったばかりの新人の准看で、まだ十八歳だという。

薫子は長谷部がじつは痴漢男だとは気がついていないらしく、主任さんに自分が窮地をたすけてもらったという事情を話している。

「そう……すみませんね、うちの新人がお世話になって、治療しますから、ここに座ってください」

ナースキャップに一本線の入った中年の主任ナースが、鼻血を止めてくれた。

その間に、薫子は白衣に着替えて、ナースセンターに戻ってきた。治療を終えた主任さんが言った。

「鼻は折れてないようだけど、皮膚が切れてるのよね。少し、休んでいってください……そうね、三〇五号室が空いてるから、そこで休んでいただいて。西田さん、あなたここはいいから、しばらくついてあげて。危いところを救っていただいたんでしょ、そのくらいはしなくちゃね」

主任さんは母性的な笑みを浮かべて、薫子に命じる。

「わかりました。では、こちらに」

薫子の後をついて、病棟の廊下を歩いていく。

当たり前のことだが、薫子にはナース服がよく似合った。後ろから見ると、ボブヘアの頭にちょこんと載ったナースキャップは真っ白で眩しいほどだ。タイトなナース服に包まれた腰はほどよくくびれ、健康的に張ったお尻がかろやかに動く。

白のパンティストッキングが張りついたふくら脛《はぎ》は、子持ちシシャモの腹のように優美な曲線を描いていた。

3

三〇五号室は個室だった。

「ベッドに横になっていてください」

言われて、ベッドに仰向けになる。

しばらくすると、薫子が近づいてきた。長谷部を覗き込むようにして言った。

「長谷部さん、今朝、私になさったこと、覚えてますよね？」

「というと……」

「電車でなさったことです」

肝っ玉が縮みあがった。

「私だって、わかってたのか？」

「ふふっ、窓にしっかり映ってました」

「ごめん、悪かった。ついつい、出来心で……悪かった。この通りだ。謝るよ」

長谷部は上体を起こして、深々と頭を下げた。

「今になって、謝るなら、なぜなさったんです？」

「それは……その……」

しどろもどろになった長谷部に、

「いいんですよ。責めてるわけじゃないから」

薫子が微笑みかけた。どういうことだ？　……まじまじと薫子を見た。

「じつを言うと、私、これまで不感症だったんです」

「えッ、不感症？」

「そうです。男の人としたって、全然感じなかった……でも、あのとき、すごく感じました。最後にはイッちゃった」

薫子がウフッと微笑んだ。天使のような無垢な笑顔である。

「だから、あの男にされた時も……長谷部さんのせいだわ」

薫子がかわいく長谷部を見た。

「今だって、まだここが妙な感じ……責任取って。すっきりさせていただかないと、看護ミスしちゃいそう」

まさかのことを言って、長谷部の右手をつかんだ。

「この手がいけないんだわ、この手が……」

右手の指を頬張った。中指を咥えて、舌でちろちろとくすぐる。

温かいぬめりのなかで、よく動く舌が指腹を刺激してくる。

何しろ相手は、堀北真希似の可憐な新人ナースである。いったい何がどうなったのか知らないが、とにかくこれは大吉に等しい幸運であることは確かだ。

薫子は卑猥な音をたてて、中指と人さし指を舐めた。頬張って、舌をつかう。

蕩《とろ》けるような快感に下半身が力を漲らせる。

薫子がナース服の中心を走るファスナーに手をかけた。シャーと下までおろした。

こぼれでた純白のレース刺しゅう付きブラジャーが、素晴らしく甘美なふくらみを持ち上げている。

薫子はじっと見つめたまま、長谷部の手をナース服の裏側へと導いた。

おずおずと手のひらに力を込めた。ブラジャーの刺しゅうの感触とともに、乳房の柔らかく張りつめた弾力が伝わってくる。

「ああ……触られただけで、すごく感じる。長谷部さんの指って、きっと魔法の指なんだわ……ううンン」

薫子がしなだれかかってきた。長谷部は夢中になって、指を動かした。じかに触れたくなって、ブラジャーを押し上げる。

ずれたブラジャーから、ふたつの乳房がこぼれでた。

想像通り、大きい。形もいい。ちょっと上向きの充実しきった乳房が格好良く突き出している。表面はソフトなのに、強く揉むと指を跳ね返すような弾力がある。

やわやわと揉んでおいて、トップにしゃぶりついた。

強く吸い込んで舌で転がすと、乳首が途端に硬くしこり、存在感が増す。

「ああ……ううン……駄目……感じてる。薫子、感じてる」

身を預けてくる薫子を抱きしめ、手をまわしこんでヒップを撫でまわした。

白衣が双臀の上をすべるなめらかな感触があり、薫子は「ああ」とかわいく喘いで、腰を誘うように揺らめかす。

乳首を吐き出すと、唾液まみれの突起が生き物のように躍った。

「ああン、もう……」

へたり込む薫子を、ベッドに仰向けに押し倒した。

目の上で一直線に切り揃えられた黒髪が乱れ、ちょこんと載ったナースキャップが潰れかけている。

つぶらな瞳をつむって愛撫を待つ薫子に、強烈な欲望をおぼえた。

転《まろ》び出た乳房にしゃぶりつき、乳首を舐めた。そうしながら、右手を下半身に伸ばして、白衣の裾をたくしあげる。パンティストッキングに包まれた股間を、指でなぞりあげた。

「感じるの。すごく感じます……ああ、ああンン、そこ……そこ、そこ、そこ！」

薫子がもっと触って欲しいとでも言いたげに、下腹部をせりあげた。

長谷部は乳首を吸いながら、指に神経を集中させる。

パンティストッキングが湿ってきている。おそらくいっぱいの愛蜜がパンティからにじみだしているのだろう。これで不感症だったなんて、ちょっと信じられない。

パンティストッキングの上端から手をすべりこませた。

湿ったパンティの裏には、ぷっくりとした少女の腹が肉感的に張りつめ、その奥には柔らかな繊毛とともに湿地帯が息づいていた。

少し力を込めると、二本の指がヌルヌルッとぬめりに吸い込まれていった。

「うッ、ああァ……ふうン」

太腿がよじりあわされる。内部を攪拌するうちに、しどけなくひろがった。

短いストロークで指をピストン運動させ、さらには内側に折り曲げた親指で上方の肉芽をくすぐると、

「ああ、ああ……やッ……声が出ちゃう……ああァァ」

左右の太腿が開いたまま緊張し、踵がシーツを蹴る。大量の蜜があふれて、抽送がスムーズになる。薫子の手が伸びて、股間をズボン越しにさすってくる。

「早く……早くしないと、主任さんが来る」

彼女はこの逞しく怒張したイチモツを欲しがっているのだ。

長谷部は下半身のほうにまわり、パンティストッキングをパンティもろとも引き抜いた。下腹部を覆う意外と濃い繊毛の翳りに驚きながら、両足を抱えあげた。

膝を腹につかんばかりに押しつけながら、持ち上がった恥肉の位置を確かめ、切っ先でさぐった。潤みの中心に狙いをつけて、体重をかける。

わずかな抵抗感を残して、ヌルヌルッとすべりこんでいく。

「うああァァ！……はあァァ」

薫子がシーツを掻きむしった。

煮詰めたトマトのような滾りが、分身を包みこんでくる。

暴発しそうな具合の良さを奥歯を嚙んでこらえながら、長谷部は何かにせきたてら

れるように腰をつかう。

白衣がまとわりつく足を屈曲させ、上から押さえながら、打ちこんでいく。

「いいのか？　いいんだな？」

「はい、いいの。こんなの初めて……あッ、あぁァァ、そこ……ああンンン」

薫子が喉元をさらして、シーツを握りしめる。

長谷部は足を放すと、のしかかっていく。いやらしくM字に開いた足の間に腰を割り込ませ、力強いストロークを叩き込む。同時に、転び出た乳房を愛情込めて揉みあげ、乳首をこねまわした。

「ああ、ああ……いや、へんです。へんなの……あそこが熱い。燃えてる……ああ、ああ……響いてる。頭まで響いてくるぅ」

薫子は顔を激しくのけぞらせながら、長谷部の二の腕にしがみついてくる。

「それが、イクってことだよ。薫子はイキかけてるんだ。そうら、イッてごらん。怖くはないから」

言い聞かせて、徐々に打ちこみのピッチを上げる。

ひくひく食いしめてくる肉襞の圧力に負けじと、腰を律動させせると、

「ああ、あぁァ……ああ、怖い……はあァァ……はうン！」

もんどりうつように全身を躍らせて、薫子が絶頂へと駆け上がった。

いったんストロークを中断し、乱れた前髪を直しながら聞いた。

「イッたんだな」

するると、薫子は小さく頷いて、恥ずかしそうに顔をそむけた。

「でも、私はまだ出してないからね。女の子は、一度に何回もイケるんだぞ。ちょっと、形を変えるよ」

挿入したまま身体を入れ換えて、薫子をベッドに這わせた。

ぷりぷりした臀部をさらに突き出させ、腰を両側からつかんで引き寄せながら、腰をつかう。

「うン、うン、うン……ああ、どうして？　また、良くなってきた……ああ、へん……あそこが勝手に……おチンチンを勝手に締めてるよォ」

薫子が誘うように腰を揺らめかせた。

身体が柔軟なのだろう。頭の位置は低く、腰だけが高々と持ち上がっている。背中が弓なりに反って、しなやかな曲線が官能的である。

白衣の天使がとる牝豹《めひょう》のポーズが、長谷部を一気に追い詰めた。

「ううッ、出すぞ……薫子のお腹に熱いのを出すからな……そうら、そら」

上体をのけぞらせ、小気味いい音をたてて打ちつけた。

「ああ……ああ、また来るよォ……あン、あン……また、またイッちゃう！」

きつけた。

膣肉がひくひく締めつけてくる圧迫力を感じながら、フィニッシュに向けて腰を叩きつけた。

「そうら、イッていいんだぞ、そうら」

「ああ、あン、あン、あン……駄目ッ！　……あああァ、はうッ……！」

薫子が二度目のエクスタシーに昇りつめたのを感じて、長谷部はとっさに肉棹を引き抜いた。陶然とした薫子の口許に、発作寸前の勃起を押しつけた。

何も言わなくとも、薫子は頬張ってきた。すっぽりと根元まで咥えこみ、長谷部への気持ちをぶつけるように激しくしゃぶってくる。

潰れたナースキャップが蝶々のように舞い踊り、締められた唇がおちょぼ口になるのを見て、長谷部もこらえきれなくなった。

「おおッ、出すよ。飲んで欲しいな。ああ、うおおッ」

唸りながら、長谷部は射精した。下半身が爆発するような猛烈な射精感とともに、男液が噴き出した。

放出される精液を、薫子は浅く咥えなおして、受け止めている。

やがて、発射が終わると、肉棹を吐き出した。

相当の量が出たはずだ。

口尻から泡立った白濁液がこぼれそうになるのを手の甲で拭いながら、薫子は、コクッ、コクッと喉を上下させる。

飲みきれなかった白濁液がにじみでるのを、薫子は舌を出して舐めとっていく。

4

夕方、長谷部は病院の通用門のそばにタクシーを横付けして、薫子が出てくるのを待っていた。自分がタクシードライバーであることを打ち明け、帰りにタクシーで家まで送ることを約束したのである。

しばらくすると、薫子が通用門から出てきた。

今朝と同じ半袖ブラウスにデニムのミニスカートをはいた薫子は、その身体を知ったせいか、ますますかわいく見える。

後ろから白衣を引っかけた中年男が、薫子を追って走ってきた。貫禄たっぷりの医師らしい男は、薫子の肩をつかんで引き止めている。

(なんだ、あの野郎!　私の薫子を!)

腰を浮かそうとすると、男を振り切った薫子がドアを叩いた。

「開けてください」

助手席側のドアを開けた。薫子が身体をすべりこませてくる。

「出してください」

「いいのか？」

「ええ、早く！」

長谷部はシフトを入れ、アクセルを踏んだ。

タクシーが急発進して、医師らしい男が背後で何か叫んでいるのが見えた。

「なんだ、あのヘンタイ野郎は？」

聞くと、薫子が事情を話しだした。彼は外科部長で、以前から薫子の肉体をもてあそんでいたらしい。

「そうか。それで、きみは不感症になったんだな。いやな男に無理やりせまられれば、感じるものも感じなくなる」

長谷部が感想を言うと、

「そうかもしれません。あいつ、ほんとにいやなやつで、私、病院を移ろうかなって思ってるんです」

助手席の薫子が、前を向いたまま言った。

「だけど、私だって同じようなものだろ？　薫子ちゃんを痴漢したんだから」

「全然違う。違うから、心配しないで」

「そうかな……同じようなものだと思うよ。今だって、きみを見て、へんなことを考えてる」

「どんなこと？　教えて」

長谷部は少し考えてから言った。

「薫子のきれいな足を、ナデナデしたい。薫子の前にしゃがんで、股間をナメナメしたい。でも、それはできない。運転してるからね」

「……で？」

「だから、オナニーして欲しい。オナニーを見せて欲しい」

思い切って言った。嫌われたら嫌われた時だ。

「わかったわ。長谷部さんがそうして欲しいなら、やってあげる」

「無理しなくていいんだぞ」

「ううン、無理してないよ」

薫子が目を閉じた。右手がためらいながらも、ミニスカの奥へとすべりこむ。デニム地がもこもこ動いて、薫子が股間をいじっているのがわかる。

「もっと見たいんだ。……スカートが邪魔だな」

長谷部は前と横に交互に視線を送りながら言う。

恥ずかしそうに、薫子がスカートをたくしあげた。

「こうすれば、よく見えるでしょう」

薫子はシートの背を少し倒し、腰の位置を前にずらした。足を開いたので、レース刺しゅうの付いたパンティに、右手の指が届いているのがはっきりとわかる。

「いやッ、これ、恥ずかしいわ」

口ではそう言いながらも、左手を胸に持っていった。

半袖ブラウスの上から胸を揉みしだいた。やがて、長谷部の気持ちをくんでくれたのか、ブラウスのボタンを外した。

はだけた胸元から手をしのばせ、ブラジャーをたくしあげた。

飛び出した見事な球体に、指を食い込ませてやわやわと揉む。頂上でけなげに色づく乳首を自分の指で転がしては、「ああンン」と抑えきれない声を洩らす。

長谷部はナースのオナニーショーに視線をやりながら、タクシーを走らせる。

愛車が信号待ちで交差点に止まった時、薫子が片足をダッシュボードに掛けた。

スカートがめくれあがっているので、むっちりした太腿がほぼつけ根まで見えた。

薫子はパンティの裏に指を入れて、激しく恥肉を掻きむしっている。

「やッ、恥ずかしい……これ、恥ずかしい……ああ、ううンン、やッ、この音」

手の甲の形に盛り上がり、卑猥な動きを見せるパンティのなかから、くぐもった粘着音が聞こえていた。

「パンツも脱いでくれないか」

肝心な部分を見たくなって言う。

「えッ、これも？」

「ああ、そうだ」

薫子はためらいながらも、白のパンティを腰を浮かせておろしていく。片足の膝に白い布地を引っかけたまま、足を大胆に開いた。直接見られるのはいやなのか、右手に左手をかぶせるようにして裂唇を撫でさする。

「うふッ、うふッ……あッ……やッ……恥ずかしい……薫子、恥ずかしくて死んじゃいたい……うああッ！」

そう言いながらも、中指を折り曲げて深く打ち込み、顔を大きくのけぞらせる。密生した翳りを見え隠れさせながら、右手の中指を奥に突き立てては、左手で内腿を撫でている。腰を鋭く左右に揺らし、こぼれそうになる声を押し殺している。

「イッちゃいそう。長谷部さん、薫子、またイッちゃうよォ」

「まだ、イクのは早いな。薫子、こっちへ身体を……」

手招くと、薫子がシートベルトを外し、シフトレバー越しに運転席に身体を乗り出してきた。

何も言わなくとも、長谷部のベルトを緩め、ファスナーをおろした。

トランクスから肉茎を取り出して、舐めてくる。猛々しくいきりたつ肉棹の先に舌を這わせ、情欲の昂《たかぶ》りそのままにねちっこく舌をからませる。

「ううッ、いい感じだ。しゃぶってくれ。ぱっくりと咥えてくれ」

長谷部は前と下を交互に見ながら、下腹部を突き出した。

薫子がすっぽりと頬張ってきた。勃起を深々と咥えて、一息つき、それから大きく顔を打ち振ってしごいてくる。

ペニスがとろけるような快感に、長谷部は目を細める。視界が快感でぼやけてきた。目をつむりたくなるのを必死にこらえる。

左側に車を停めても大丈夫そうな場所がある。街路樹が繁って、木陰になった場所に路上駐車した。歩道から見えるかもしれない。だが、かまっていられなかった。

「美味しい……長谷部さんのおチンチン、すごく美味しい」

薫子が潤みきった瞳を向けてくる。

「薫子、お前もオナニーをしろ。マンズリしてくれ」

言うと、薫子の左手が尻のほうからまわりこんで、スカートの奥へと入り込んだ。媚肉をさすっていたが、ついには中指を沈み込ませて、ぬぷぬぷと潤みに指を抽送運動させる。

「うン、うン、うン……あぁァ、できない」

「駄目じゃないか。きちんと咥えなくちゃ」

叱咤すると、ふたたび勃起を呑み込み、速いピッチで濃厚フェラを再開した。

長谷部は逼迫した射精感をこらえて、すべすべの黒髪を撫でてやる。

ストレートのやや硬い髪質が、指先に心地よい。

大量の唾が滴って、恥毛を濡らしていた。

後ろに突き出された剝き卵みたいな双臀が、湧き上がる愉悦そのままにクリッ、クリッと左右にぶれる。押し寄せる射精感に、長谷部は唸った。

だが、それより一歩、早く、薫子が絶頂に昇りつめていた。

「ううッ、うはッ！……」

肉棹を吐き出し、上体をのけぞらせた。そのまま、大きく痙攣している。

エクスタシーの波が去ると、薫子は身体を起こした。

助手席で両手で顔を隠して、いやいやをするように首を振った。

「なんてことを……！　恥ずかしくて、死んじゃいたいくらい！」

「いいもの、見せてもらったよ。どうだ飯でも食うか……腹、減ってるだろ？」

「えっ、食事の話ですか？」

「ああ……頼みがあるんだけどな。パンティはつけないで。それに、ついでだからブラジャーも取っちゃおうか」

「ええ!?　いやよ」

「いいから、やりなさい」

薫子が背中に手をまわして、ブラジャーを器用に抜き取った。外したブラジャーと足先に引っかかっていたパンティを、まとめてダッシュボードのなかに押し込んだ。

「出ようか」

長谷部はタクシーを木陰に駐車したまま、車を降りた。

薫子も反対側から降りてくる。

ノーブラが恥ずかしいのか、両手で胸を隠している。半袖ブラウスは布地が薄いので、よく見ればブラジャーをしていないことがわかってしまう。むちっとした太腿が内股気味になっているのも、下着をつけていないせいだ。

道路の反対側にファミリー・レストランがあった。

素早く渡れば、道路を横断できなくはないが、長谷部は歩道橋を選んだ。

「先に行って。ここで見てるから、スカートを押さえたりしちゃ、駄目だからな」

「もう、ほんと、長谷部さん、ヘンタイだわ」

不満げに口を尖らせながらも、薫子は歩道橋の階段を上がっていく。

一段、また一段と上がるにつれて、足が少しずつ見えてくる。

途中まで昇ると、太腿の裏側がほぼつけ根まで見えた。

薫子はおそらくいたたまれない気持ちだろう。スカートを押さえたいのを我慢して、立ち止まった。それから、また上がっていく。

短いスカートの裏側に、丸々としたお尻の底部までがのぞいていた。

その時、若い男の三人連れが歩道橋を渡ろうとやってきた。

ひとりが、階段を昇りきろうとする女がじつはノーパンで、太腿はおろかほの白い尻までさらしていることに気づいて、ギョッとしたように目を見開いた。

隣の男を肘で突いて、顎で上を示す。

ほの白い尻を目の当たりにした男たちは、ニヤニヤ笑いあっている。

気配を感じたのか、下を見た薫子が三人連れに気づき、とっさにスカートを後ろ手に押さえて駆け上がった。

長谷部は三人連れより早く階段を上がり、薫子の肩に手をまわした。

「お尻、丸見えだったな。あの三人連れも、きみの太腿と尻を見て、あそこを突っ張らせてたな」

耳元で言うと、

「もう……ほんとに、死んじゃいたい」

薫子は足早に、彼らから遠ざかろうとする。

5

ファミリー・レストランで、長谷部はハンバーグ定食を、薫子はパスタを頼んだ。

パスタをフォークにくるくる丸めて口に運ぶ間も、薫子は不安そうだ。

無理もない。ノーブラのせいで、ブラウスから乳首の突起が半ば透け出ている。おまけにノーパンなので、落ちつかないはずである。

二人は小さなテーブルを挟んで、向かい合って座っている。

食後のコーヒーを啜りながら、長谷部は右足の靴を脱いだ。靴下の足を真っ直ぐに前に伸ばすと、爪先が膝に触れて、薫子がエッというように目を見開いた。

長谷部は無言で微笑みながら、爪先で膝をこじ開ける。

そのまま、ちょっと無理な姿勢で足を一直線に伸ばすと、靴下の爪先がむっちりした太腿に触れた。

「もう少し前……」

言うと、薫子が身体をよじるようにして腰を前に持ってきた。

爪先が、無防備な恥肉をとらえていた。靴下で覆われているのではっきりした感触はないが、それでも、爪先が柔らかな肉の畝にたどりついているのはわかる。

親指を反らしたり、曲げたりして、コチョコチョくすぐる。

一瞬、肩を震わせた薫子は、その後はうつむいて、洩れそうになる声を押し殺している。

「ナースってのも、大変な職業だね。時間が不規則だし、夜勤があるからな。もっとも、それはタクシーも一緒だけどね」

長谷部はわざと世間話をして、薫子を困らせる。

「そ、そうですね……うンッ……やッ、やめてください」

薫子は話を続けられなくて、最後はやめてと、か細い声で訴えてくる。

シカトしながら、長谷部は爪先で媚肉への悪戯《いたずら》を続けた。

すると、薫子はもっと強い刺激が欲しくなったのか、姿勢を低くし、腰を前にせりだすようにして、下腹部を押しつけてくるのだ。

今にも崩れそうな態勢を必死に保ち、ギュウと唇を噛む。

テーブルの下では、左右の太腿で長谷部の足を挟みつけたり、反対にひろげて突っ張らせたりする。堀北真希に似たかわいい女の子が、死角で女の欲望をあらわにエッチなことをする。一直線に切り揃えられた前髪のすぐ下で、瞳を閉じて陶酔の色をあらわし、ぽっちりとした唇を噛みしめる。

「ううン、あッ……や、長谷部さん、やッ……」

ついには、つぶらな瞳を向けて、甘えるような目で訴えてくる。

「トイレに行こうか。きみもおトイレ行きたいよな」

聞くと、薫子がおずおずと頷いた。

長谷部は薫子の手を引いて、レストランのトイレへと向かう。入口のところで男女に分かれている。男子用トイレに人影がないのを確かめて、薫子を男子トイレに引き入れた。

「駄目です、駄目、駄目……」

腰を引く薫子を、個室に引きずり込む。大手チェーン店だけあって、大理石が張りつめられたきれいなトイレだった。

薫子を壁の大理石に押しつけた。

唇を奪い、ねちねちと舌をからませる。薫子は喘ぐような息づかいで情熱的に応え、自ら舌をつかう。長谷部は舌を吸いながら、右手をスカートのなかに押し込んだ。

柔らかな繊毛の奥は粘るような淫蜜にまみれ、裂唇に指を押しつけるだけで、ヌルリとすべりこむ。火傷《やけど》しそうなほどに熱く滾った内部を、指をバイブレーションさせてうがつと、薫子は甘い鼻声を洩らしつつ激しく舌をからませてくる。

右手を股間に導いた。

薫子はズボンの上から、勃起をさすりあげ、浮き出た形を握るようなこともする。

「ああンン……我慢できないよ。薫子、我慢できない」

「何が我慢できないのかな?」

「意地悪！　これ、これをください。この硬くて太いのを、ください」

「いいけど、声は出すなよ。いいね」

薫子がこくんと頷いた。

長谷部はズボンを膝まで下げると、薫子の片足を持ち上げた。腰のあたりまで上げておいて、怒張を一気に埋め込んでいく。

「うッ！……はあァァ」

薫子が打ちこみの悦びを噴きこぼした。長谷部は片手で薫子の口をふさぎ、片足を持ち上げた格好で、豪快に下から突き上げてやる。

「ううッ、ううッ！　……ううッ！」

くぐもった声を洩らして、薫子は顔をのけぞらせる。

さらさらのオカッパを乱し、眉をぎりぎりまで折り曲げて、打ちこみの襲撃に耐えている。車中から続いた玩弄で、膣肉は触れれば落ちるといった様子でしとどに濡れそぼり、叩きこまれる肉棹を歓迎してざわめいた。

「あン、あン、あン……」

薫子は濡れた声をスタッカートさせて、顔を打ち振る。

「声……！」

叱責すると、薫子は右手の甲を口にあてて、声を押し殺そうとする。それでも、たて続けにえぐると、

「うググッ……あッ、あッ、ああァァ、無理です。声が出ちゃう」

薫子はうつむいて、右手の甲の皮膚を噛んだ。タン、タン、タンと打ちこむ。

薫子はあふれそうになる淫らな声を、懸命にふせいでいる。

その時、男子用トイレの入り口から、誰かが入ってくる気配がした。つまらない鼻唄を口ずさみながら、上機嫌で小用を足している様子だ。

いったんは動きを止めた長谷部だったが、悪戯したくなって、律動を再開する。

「うググッ、うッ、うッ、ううう」

薫子が手の甲を歯の跡がつくほどに噛んでいる。

男子トイレで女の声がわずかでも聞こえれば、不審に思うのだろう。鼻唄がやみ、シャーという小水を流す音とともに、男が個室に近づく気配がある。二人は動きを止めて、息をひそめた。

男はしばらく近くで様子をうかがっていたが、諦めたのか、足音が遠ざかっていった。

「ほらみろ。薫子がエッチな声を出すからだぞ」

「ごめんなさい……もう、声は出しません」

長谷部はフィニッシュに向けて、力を振り絞った。片足を持ち上げて、深く強烈なストレートを浴びせると、薫子の呻きが高まった。

肉襞のうねりに、分身を絞り抜かれるような陶酔感をおぼえつつ、長谷部はピンコ勃ちにさせて肉天井を擦りあげる。

「ンンンンン……はうッ……！　ああァァァ」

薫子の頭が後ろに跳ねた。膣肉が絶頂の痙攣を繰り返すのを感じて、長谷部も欲望の塊をしぶかせる。

すさまじいばかりの峻烈《しゅんれつ》な射精感であった。

着衣を整えてトイレを出ると、入口のところで男が怪訝な顔で二人を見た。

さっきの男なのだろう。足元をふらつかせる薫子を、長谷部は肩を抱き寄せるようにして席に向かった。

6

不規則な勤務時間を薫子から聞き出した長谷部は、電車のなかで痴漢プレイに興じた。

薫子はすっかり長谷部の指技に馴れて、車中で何度もオルガスムスを迎えた。しかし、おかしなもので、同じことを続けていると、たとえ相手のことをどんなに愛していても飽きがくる。

薫子の勤務が入っていないその日、二人は上野から他県へと向かう下りの特急に乗った。昼間の時間で、車内はすいていた。二人が乗り込むと、数少ない客が薫子をじろじろ見る。薫子がナース服を身につけていたからだ。

しかも、よく見ないとわからないが、ノーブラでパンティもはいていない。なんでナースが、しかも風体の上がらない中年男と一緒なのかと、乗客は首をひねっていることだろう。一車両に数えるほどしかいない客の面相を観察しながら、薫子とともにボックス席に座った。

薫子を通路側に座らせ、自分も隣に腰をおろす。早速、耳元で囁いた。

「足をひろげて。お前の斜め向かい前に、高校生らしい少年が座ってるだろ」

通路を隔てたひとつ向こうの通路側の席に、高校の制服らしいブレザーを着た、いかにも童貞くんという雰囲気の少年が座っていた。

「できないよ……だって、この格好してるだけで、もう、恥ずかしくて死んじゃいたいよ」

頼むよとせかすと、薫子は不安げな顔を見せながらも、おずおずと足をひろげた。

薫子はこれまで長谷部の指示に逆らったことはなかった。最初はいやがっていても、結局は言いなりだった。そんな薫子が愛しくてたまらない。

白衣は特別に膝上二十センチのミニ丈にしてあるから、足を開けば、簡単になかが覗けるはずだ。しかも、ノーパンである。薫子の足がひろがり、白衣が太腿がのぞくまでにめくれあがると、高校生が驚いて目を見開くのが見えた。

片足をひじ掛けに上げるように命じると、薫子は戸惑いながらも左足をひじ掛けに置いた。これで、太腿はおろか内部の翳りさえも見えているはずだ。

参考書を読んでいたおとなしそうな高校生が、本を読むふりをして、こちらをちらちらと盗み見している。

「見てるぞ。股間を突っ張らせて、薫子のオマ×コを盗み見してる……オナニーだ、見せてやりなさい」

小声で命じると、薫子の右手が白衣の裾のなかに伸びた。手首の動きで、薫子が裂唇を掃くように撫でているのがわかる。

「いやッ、あの子、見てるよ。じっと見てる……ああ、怖いよ」

「大丈夫。私がついてるから」

ひじ掛けに持ち上がった白いストッキングの張りついた足が、むちむちの太腿が内側に絞りこまれた。ナースシューズをはいた足の親指が、昂りそのままに反ったり、内側に折り曲げられたりする。

「うン、あッ……ああ、やッ……やなの……おかしくなっちゃう。こんなことしてたら、へんになっちゃう」

「へんになっていいんだ。そうら、もっとだ」

中央を走るファスナーをおろしてやると、薫子は開いた胸元から手を入れて、じかに乳房を揉みしだく。

「ああ、ああッ……やッ、ああ、ああンン……」

震える喘ぎをこぼし、あらわになった乳房を強弱つけて圧迫する。

右手が激しく動いている。おそらく、膣肉に指を押し込んで、ピストン運動させているのだろう。ヌチャ、ネチッという卑猥な粘着音が聞こえる。

かわいいナースにこんなオナニーを見せられたのでは、たまったものじゃない。高校生は理性を失ったのか、ズボンの股間に右手を入れて、勃起をしごいている。

「ああ、もう……どうにかして……薫子をどうにかして」

悩ましく訴えてくる。

長谷部は高校生のところに行って、「こっちに来なさい」と連れてきた。おとなしそうに見えたのだが、こうなるとやはり男なのだ。目をギラつかせた小柄な少年を、ボックスシートの反対側に座らせる。

「しゃぶってあげなさい」

言うと、薫子が少年の前にしゃがみこんだ。すでに理性はなくしているのだろう。

あわただしくズボンを下げさせて、飛び出してきた屹立を握った。

発射前のロケットみたいにいきりたつ肉棹の半包茎の皮を剝いて、亀頭に舌をちろちろと這わせる。その間も、茎胴をしごくことを忘れない。

呻く少年を、薫子は上目遣いに見て、微笑んだ。童貞君を前にして、お姉さま的な気持ちになっているのかもしれない。

薫子はますます情感を込めて、口と手でロケットを追い込んでいく。屹立を吐き出して、聞いた。

「どう、気持ちいい？」

「あ、はい……気持ちいいです」

「幸せ？　こんなことしてもらって、幸せ？」

「はい、最高です。あの、お姉さん、ほんとうのナースなんですか？」

「ふふっ、そうよ。まだ准看だけど」

「そ、そうですか。僕、病気になったら、あなたの病院に行きます」

「ありがとう。でも、私がいる病院は、自分で見つけるのよ。わかった？」

そう言って、薫子はふたたび硬直を咥え込んだ。

勃起を指と口で同時に擦られて、少年が呻いた。

「ああ、駄目です。出ちゃう……駄目です」

すると、薫子は勃起を吐き出して、

「まだよ。まだ、まだ……」

上気した顔を上げて言うと、今度は口だけで追い込みにかかる。

「うふッ、うふッ、うン、うン、うンンンン……」

真っ白なナースキャップが、紋白蝶《もんしろちょう》が舞うように揺れていた。

少年が真っ赤な顔で唸っているのを見て、長谷部は窓から外に視線を投げる。

車窓から、田園風景がものすごい勢いで後ろに飛び去っていくのが見える。

少年が射精する唸り声が聞こえてきた。

第四章　密室で揺れる尻

1

新宿行き急行電車の先頭車両で、島岡はパンツ・スーツの女の背後にぴたりと張りついていた。

復讐劇の第二幕が、開かれようとしていた。

パンツ・スーツの女は風間奈緒。風間三姉妹の次女である。

すでに、奈緒のことは調査済みだ。奈緒は都心のMデパートのエレベーター嬢をしている。入社して四年目、その美貌を買われてエレベーターガールに抜擢《ばってき》されて、二年目になる。恋人とは少し前に喧嘩別れして、いまはフリーの身である。

性格は姉と同様にきついところがあるが、姉がお固いのに比べてどちらかというと奔放なところがある。

じゃあ、ボーイフレンドも多いのかというとそうではなく、これと思った男には邁《まい》進《しん》するが、嫌いな男のことは鼻にもかけない。

痴漢を成功させるには、難しい女である。それゆえに慎重に見守ってきたのだが、恋人と喧嘩別れした今が狙い時と判断して、決行に踏み切ったのである。

車両のなかほどに立ち、中吊り広告を念入りに眺めている奈緒は肩までの髪にパーマをかけて、洗練された雰囲気である。こぢんまりとした小顔で、瞳が大きく、うまくまとまっていた。

(センスがいい女だ。恋人にするにはこういう女がいいかもな)

そんなことを思いつつ、右手の甲を尻にさりげなく押しつけた。

奈緒はまだ動かない。都会ではこのくらいでいちいち反応していては身がもたない。

ベージュのパンツが、引き締まり小気味よく吊りあがったヒップの形をそのまま浮き彫りにして、むぎゅうと鷲づかみしたくなる。

衝動を抑えて慎重に手の向きを変え、手のひらで臀部を柔らかく包みこんだ。

尻がこわばり、尻が前に逃げた。

逃げた尻を追って、また手のひらを密着させると、右手が伸びてきて、島岡の手を押し退けた。

(まいったな。想像通り、痴漢しにくい女だ)

ここで無理をしても、いい結果は得られない。

車両がもっと混むのを待つことにして、押されるふりをしてさりげなく腰に触れる程度で我慢する。

急行電車がスピードを落とし、駅で停まった。

わずかな客が降りて、数倍の客が乗り込んでくる。なかへと押し込まれながら、好位置を確保しようとしたのだが、強引に割り込んでくるやつがいて、引き離されてしまった。

ちッと内心で舌打ちして見守っていると、奈緒の様子がどうもおかしい。

正面には、スクールバッグを背負った男子高校生がいた。

私立S学院高等学校のブレザーを身につけた高校生は、J事務所に入れても十分通用しそうな美少年で、甘くてキリッとしたマスクをしている。

奈緒はこの高校生の肩に顔を預けるような格好で、じっとうつむいているのだ。

(おかしいぞ。痴漢されているのか?)

島岡は強引に人込みを押し退けて、二人に近づき、覗き込んだ。

やはり、そうだった。高校生の右手がパンツの股間に届いていた。

奈緒は高校生の腕をかるくつかんでいるが、振り払おうとする気はないらしく、むしろその手に身体を押しつけている感じだ。

(なるほどな。見ず知らずの男の手は邪険《じやけん》にはね除《の》けても、美少年の指はウエルカムというわけか)

腹立たしさを抑えて経緯を見守っていると、奈緒の右手が動いた。

高校生の股間を手のひらで覆ったと思ったら、やわやわと動かして、膨らみをマッサージしはじめたではないか。

これには、島岡も驚いた。同時に、脳天に響くような強い昂奮をおぼえた。

相手が美少年であるということが、相手を選んでいる気がして、その女心が卑猥なのだ。

奈緒の右手の動きが微妙に変化していた。高校生の肉棹が縦に位置しているのだろう。ズボン越しに屹立を握るようにして、縦にしごいている。

緩急つけて擦りながら、肩口に顔を預けて、洩れそうになる声を押し殺している感じだ。

高校生も気持ち良さそうに目をつむりながら、その右手は活発に動いて、パンツの上から女の急所をいじっている。

(初めてにしては、気が合いすぎてるな。ひょっとして、二人は常連か?)

などと考えているうちに、奈緒の右手が怪しい動きをした。

高校生の股間のジッパーを下げているのだ。クロッチが開き、もっこりとしたブリーフが姿を見せた。

ピンクのマニキュアが光るほっそりした指が、硬直にまとわりつくのを見ていると、島岡は自分もああされたら、さぞや気持ち良かろうと思い、股間が痛いほどに突っ張ってくる。

やがて、奈緒の指がブリーフのクロッチ部分から何かを引っ張りだした。高校生のペニスであった。思わず目を見張った。

勃起は使い込まれていないのかまだ色はきれいだが、長く太いそれは発射前のロケットみたいに鋭角にいきりたっている。

(こいつ、かわいい面しやがって、巨根かよ……神様はこの男に、女にもてるためのすべてをお与えになったか)

人の不平等について思いをはせていると、奈緒が太棹をしごきだした。親指を下にして、柔らかく擦った。今度は親指を上にする形でしっかりと硬直を握った。人さし指をかるく浮かせて、四本の指でキュッ、キュッと強く擦っている。

高校生が息を荒らげて、口で呼吸しはじめた。

奈緒のほうも、いまや高校生を導くことに夢中になっている様子で、肩に顎をのせるようにして、甘ったるい鼻声を洩らしている。

2

終点の新宿に電車が到着し、奈緒と高校生は何事もなかったかのように電車を降り

た。島岡は奈緒ではなく、高校生の後をつけた。乗り換えを急ぐ高校生を呼び止め、

「こういうものだけど、少しつきあってくれないか」

会田興信所の名刺を見せた。

啞然とする高校生を、この前ドランク宇川と話したあの駅内のカフェへと連れていった。炭火焼コーヒーをふたつ頼むと、

「あの、何でしょうか？　急がないと学校に遅れちゃうんですけど」

高校生が大きな瞳を向けてくる。瞳のなかにお星さまを住まわせているような美少年の瞳に嫉妬を感じつつ、名刺を渡した。表情を曇らせる高校生に、

「心配しなくていいよ。悪いことじゃないから。さっき、きみ、女の人とあれしてたね、電車でさ」

言うと、高校生の顔がひきつった。

「いや、責めてるわけじゃないから。あるところから頼まれて、あの人、風間奈緒っていうんだけど、彼女の身上調査をしてるわけよ」

「ふうん、風間奈緒っていうんですか」

「ああ、知らなかった？」

「ええ、知りませんでした」

「で、きみ、あれだろ？　もしかして、さっきやっていたこと、初めてじゃないだ

ろ？　大丈夫。きみのことは出さないし、発言が奈緒さんの不利に働くわけじゃないから……初めてじゃないね」

高校生が頷いた。島岡はやはりと思った。

「きみ、名前は？」

「言わなくちゃ、いけませんか？」

「いや、べつにいいんだけど、きみのことをどう呼んでいいかわからなくてさ。大丈夫、何かに利用するわけじゃないから」

「岩窪拓海《いわくぼたくみ》と言います」

「そうか、拓海くんか……で、だ。奈緒さんのこと、拓海くんはもっと知りたくない？」

「それは、知りたいですよ」

「じゃあ、今日、学校が終わったら、私のケータイに電話くれないか？　名刺に載ってるから」

「わかりました。じゃあ、僕、遅れるから、失礼します」

拓海はコーヒーに口をつけることもせずに、カフェを足早に出ていく。

長い足が大股で遠ざかっていくのを眺めながら、島岡は面白くなりそうだぞとほくそ笑んだ。

その日、島岡は浮気調査のために、人妻の尾行をした。

もう四十近い人妻が、若いホスト風の男と連れ立って、ホテルにしけこんだのには驚いた。二時間待って、二人が腕を組んでホテルから出てくるところを盗撮した。

これでこの女は、世の中そう甘くはないことを思い知るはめになるだろう。どうせ、大枚の金を貢いでいるのだから、ある意味では幸運かもしれない。

事務所で報告書を書いていると、拓海から電話があった。

近くの有名なゲームセンターを指定した。時間に着くと、すでに拓海は来ていた。遠くから見ても、その美男ぶりが際立つ。

ゲームに興じながら、風間奈緒のことを話した。

二十五歳で、Mデパートのエレベーター嬢をしていること。三人姉妹で、少し前に男と別れたこと。性格は思い込むと一途だが、基本的にはきついこと。

拓海は「ふうん、そうなんだ」と興味深げに聞いていたが、やがて、核心に触れてきた。

「で、島岡さんは、誰に頼まれて、あの人を調べてるんですか？」

「自分に頼まれて、調べているんだ」

そう答えると、拓海は怪訝そうな顔をした。

島岡は思い切って、事情をすべて打ち明けた。姉の恭子に痴漢の冤罪で捕まり、おかげで職も妻もすべて失ったこと。それで、三姉妹に復讐を敢行中であること。

話し終えると、拓海が言った。

「それって、ちょっとおかしいよ。姉だけに復讐すればいいんじゃないの？ 妹二人までってのは、僕にはわからないな」

「下の二人も、まったく無関係ってわけじゃないんだ。一度、姉が告訴を取り下げようとしたことがあったんだけど、それを、下の二人が『とことんやるべきよ。痴漢なんて絶対に許しちゃ駄目』って、煽《あお》ったらしいんだな。それがなきゃ、告訴は取り下げられていたよ」

拓海が押し黙った。島岡はここぞとばかりに押した。

「拓海、奈緒とセックスしたいだろ？」

「そりゃあ、したいですよ。電車のなかだけってのは、つらいですよ」

「だろ？ それが男の本音だよ。でだな……」

島岡は作戦を授けた。拓海はその破天荒な作戦に驚きながらも、「面白そうですね」と微笑んだ。

「お前、意外とワルだな。きれいな顔しやがって……で、経験はあるんだろうな。童貞くんってことは、ないよな」

「バカにしないでくださいよ。もう十七ですよ」

それから、拓海は関係を持った女を指折り数えた。十本の指が折れ曲がり、また伸ばされたところで、止まった。

「この野郎、俺より多いじゃねえか」

「そうですか……島岡さん、意外と少ないんですね」

「調子に乗りやがって」

頭を小突こうとすると、拓海がそれを巧みに避けた。この少年とは気が合いそうな気がした。

3

土曜日、島岡は拓海を連れて、Mデパートに出掛けた。

拓海はラフなTシャツに黒の細身のデニムという格好だが、もともと細いし贅肉がついていないから、男が見てもカッコいい。

将来はJ事務所に売り飛ばすか、などと考えながら、Mデパートに着いた。

(たしか奈緒は、本館のエレベーターに乗っているはずだが)

一階でエレベーターが開くたびに、乗っているエレベーター嬢を確認し、五つ目のエレベーターが開いた時、

「上にまいります」

と、奈緒が白い手袋をはめた指を上に向けるのが見えた。

島岡は拓海とともに、あわててエレベーターに乗り込んだ。

奈緒は、拓海に気づいて一瞬、顔を引きつらせた。それから、すぐに何もなかったかのように、

「ご利用階を、お申しつけくださいませ。二階、婦人服、装身具売場でございます」

いやみのないソフトでよく響く声である。島岡はその声で股間を柔らかく撫でられる気がして、ゾクゾクする。

「二階、お願いしますわ」

「五階、お願いします」

客の声がして、

「かしこまりました」

と、奈緒がボタンを押す。

ラベンダー色の制服のソフトスーツを着て、スカートは膝上のタイトなものだ。同じ色のバスガイドがかぶるような帽子がちょこんと頭の上に載っていた。二階でエレベーターを止めて、

「二階、婦人服、装身具売場でございます」

「開」のボタンを押したまま案内する。

数人の客が降りて、四人の客が残された。

奈緒はドアを閉めると、昇降ボタンのほうを向いたまま押し黙った。

柔らかな素材のスカートが小気味よく吊り上がったヒップに張りついて、丸々とした形を浮かび上がらせている。タイトスカートから伸びた二本の足は、ふくら脛が優美な曲線を描いて悩ましい。

三階、四階を通過したエレベーターが、五階で止まった。

「五階、日用雑貨品、調度品売場でございます」

エレベーターが開いて、二人が降りた。

誰も乗らなかったので、残されたのは、島岡と拓海だけだった。

「屋上までお願いします」

「かしこまりました。屋上でございますね」

奈緒が屋上のボタンを押すのを見て、島岡は目配せする。

このデパートは八階建てである。その間、ボタンは点滅していなかった。ということは途中で乗ってくる客はいないということだ。

拓海が奈緒の背後にぴたりと張りついた。

スカートに包まれたお尻に手のひらを押しあてて、柔らかく撫ではじめた。

「ちょっと！　お客さま、困ります」

拓海の手を振り払った。

「ふふっ、僕だよ。忘れたとは言わせないよ」

「わかってるわ。だけど……」

奈緒がちらっと島岡を見た。

その間に、エレベーターは屋上に到着した。ドアが開きかけるのを、島岡は「閉」のボタンを押して、閉め直した。

「お客さま、そういうことをされては、困ります」

指を外そうとする奈緒を、拓海が後ろから羽交い締めした。

動きを封じている間に、島岡は殻つきのクルミをポケットから出して、それを「閉」のボタンに押しつけ、粘着テープで貼った。

昔観たポルノ映画に、エレベーターのなかで女を凌辱するシーンがあった。その時、こうやってボタンを押さえていたのを思い出して、あらかじめ用意してきたのである。

これでエレベーターは屋上で止まったままになる。

「……何？　あなた、何者なの……きみ、放して。放しなさいよ！」

奈緒が眉根を寄せて、自由になろうともがく。

島岡はラベンダー色のスカートを一気にめくりあげた。

「いやッ！　いやッ」

太腿をあらわに蹴ってくる。

肌色のパンティストッキングに包まれた光沢のある太腿がつけ根まであらわになり、白のパンティが透け出ていた。

ローファーの足をとらえ、パンティストッキングをパンティもろとも膝まで引き下げた。

「いやァァァ！……」

奈緒は内股になり、まろびでた素肌の太腿と繊毛の翳りを隠そうと、しゃがみこもうとする。

「きみ、たすけて！　たすけてちょうだい。お願い」

奈緒が顔をねじまげて、拓海を見た。

「拓海を電車でかわいがってるようじゃないか。一流デパートのエレベーター嬢が、男の子を毎朝のように痴女して、チンチンから精液を絞りとってる。そんなことがばれたら、あんた、どうなると思うんだ。えッ、風間奈緒さん」

島岡が名前を出すと、奈緒の表情が変わった。

奈緒には島岡の正体はばれていないようだ。係争中に顔写真くらいは見たことがあるかもしれないが、あの時とすっかり面相が変わってしまったから、判別できないのだろう。

「どうして、名前を?」

奈緒が不思議そうに眉をひそめた。

「全部、調べてあるんだよ。それに、こっちは証拠写真だってある。拓海が被害届を出したいんだってよ。痴女されてるって、警察にね」

「違うわ。あれは同意の上です。そうでしょ……拓海くんだっけ?」

「同意の上じゃありませんよ。僕は、この人に、奈緒さんにいつも無理やりチンチンをしごかれているんだ」

「……違うわ。違うじゃないの! どうして、そんなこと言うの」

奈緒が悲痛な声をあげた。

「こっちには証拠写真があるんだ。あの写真を見れば、どっちの言うことがほんとうなのか、誰でもわかるんじゃないのかな……こちらの言うことを聞け。そうしたら、告訴することだけはやめてもいい」

実際は写真などない。ブラフであった。それに気づかない奈緒の表情は可哀相なほどにこわばった。

島岡は小型のカプセル型バイブを取り出して、スイッチを入れた。電池内蔵型のローターが震えはじめる。

奇妙な音をたてるカプセルを、繊毛の流れ込む肉の狭間の上部にあてて、クリトリ

スに刺激を与えると、

「い、やッ……しないで。こんなこと、しないで!」

躍る足をつかんで、恥肉にピンクローターを押し込んでやる。肉の窄まりにカプセルが姿を消すと、

「うッ、あぁッ! ……ああ、いやよ、取って……いやです」

へっぴり腰になり、首を激しく左右に振る奈緒。

島岡は素早くパンティストッキングを引き上げて、スカートを元に戻した。

スカーフが結ばれた胸元を荒々しく揉みながら、強い口調で言った。

「このまま、仕事を続けろ。監視してるからな。逃げたら、証拠写真を公開する」

ボタンを押さえていたクルミを外すのと同時に、拓海が羽交い締めを解く。すぐにドアが開いて、数名の客が乗ってきた。

奈緒はしばらくうつむいていたが、客がざわめくのを聞いて、

「し、下にまいります。ご、ご利用階をお申しつけ下さいませ」

平静を装ってはいるが、言葉が不安定である。

「六階頼むわ」

「三階、お願いします」

「か、かしこまりました」

エレベーターが下がっていく。

奈緒は他の客に悟られまいとして、普段どおりを装っている。

だが、今、ピンクローターが絶え間のない振動で、こいつのおマ×コを震わせているのだと思うと、嗜虐的な悦びがこみ上げてくる。

「六階、寝具……失礼しました。家電売場でございます……ううッ、いやッ」

案内を間違えて、奈緒は最後はくぐもった呻きを洩らす。

スカートに包まれた腰が微妙に揺れている。

六階でエレベーターが停まり、数名の客が降りた。乗る客はいない。

三階で女の客が降りると、エレベーターは島岡たちだけになった。

一階へと降りる間に、すかさず島岡は奈緒を後ろから抱えこむようにして、股間に手を届かせる。

パンティストッキングを通して、「ビーン、ビーン」という股間の振動が伝わってくる。

すでに潤みを吐き出した柔肉を指でえぐりつつ、制服の胸を揉みしだくと、

「ああ、やめて……仕事中はやめて……ああァァァ」

奈緒は顔をのけぞらせた。

いたぶり続けると、奈緒は「い、いやッ」と口では言うものの、制服に包まれた身

体は小刻みに震えている。

エレベーターが地下に降り、また一階に上がった時、今度は大量の客が乗り込んできた。七階で開催されているフェアに大挙して押しかける主婦たちであった。途端に強烈な香水の匂いが充満し、反吐《へど》が出そうになる。

「ご、ご利用階を……お、お申しつけ……くださいませ」

奈緒が途切れ途切れに言う。「七階よ」と主婦たちが傲慢に答える。

「か、かしこまりました。七階でございますね……ううッ」

奈緒が洩れかかる呻きを押し殺して、七階のボタンを押した。途中の階のボタンは点滅していない。

今がチャンスと奈緒の背後に張りつき、スカートのなかに右手をしのばせる。

奈緒が「やめて」とばかりに腰をよじるが、強引に太腿を後ろから割って、狭間へと指を届かせた。

伝わってくるローターの振動を感じながら、掃くように撫でさすったり、叩くようにする。パンティストッキングのぬめぬめ感を通して、ぬらつく恥肉がぐにょぐにょと沈み込む感触がわかる。

うつむいていた奈緒が、顔をのけぞらせた。

瞬時にして、エレベーターガールの異状に気づいたオバタリアンたちが、こちらに蔑《さげす》むような視線を送ってくる。

「何よ、あんた。どうしたの？」

金縁眼鏡をかけたオバさんが、露骨にいやな顔をした。

「い、いえ……何でもありません」

「そうかしら？　でも、へんだわ……ねえ」

同意を求められて、隣のオバさんが頷く。

「いえ……ほんとうに何も……ううン、やッ……」

「何よ、あんた、へんなことされてるんじゃない？」

「いえ、違います。お気遣いなさらないでください」

奈緒は悟られまいとして、必死に平静を装う。それが愉快で、島岡はスカートのなかの湿地帯をまさぐり続ける。

むっちりした太腿で手首を締めつけ、ガクガク震える奈緒の逼迫した様子がたまらない。そうこうしているうちに、エレベーターが七階に停まった。

奈緒はもう案内することもできずに、昇降ボタンのところに顔を伏せている。

オバさん連中が眉をひそめながら、ぞろぞろ降りていった。

ふたたび屋上まで上昇させて、クルミを使ってエレベーターを停止させる。

下腹部を確かめてみると、そこはすでに大量の淫蜜を吐き出して、パンティの基底部までもべっとりと汚しているのだ。

「ヌルヌルだねえ。欲しくてしょうがないんだろ？　その前に咥えてもらおうか」

「いやです」

「電車じゃ、高校生のチンチンしごいてるんだ。ここで出来ないわけがない。そうだよな」

頭を押さえつけて、しゃがませた。

ズボンを下げ、いきりたつ肉棹を目の前に突きつける。顔をそむける奈緒に、

「しゃぶれよ。証拠写真がどうなってもいいんだな？」

髪をつかんで引き寄せた。

奈緒は必死に顔を伏せていたが、やがて、観念したのか、先端を舐めてきた。

鈴口に浮かんだ粘液の玉をすくいとり、さらにはおずおずと口をひろげて頰張ってくる。咥えたまま鼻で息をしている。焦《じ》れったくなって、強制フェラにうつる。

ラベンダー色の帽子ごと顔を引き寄せ、激しく腰を打ち振って、口腔を凌辱する。

野太い肉の柱を打ち込まれて、奈緒は眉根を寄せてつらそうな表情を見せながらも、されるがままに口を犯されているのだ。

両膝を床につき、腰を抱え込むようにして呻いている。

「うン、うン、うググっ……」

くぐもった声を洩らしながらも、スカートに包まれた尻をもどかしげに揺らす。ローターで長い間、膣肉を刺激されて、もう下腹部の欲求はぎりぎりまで達しているに違いない。

「拓海、代われ」

バトンタッチした。拓海がズボンを下げて太棹を突きつけると、奈緒は自分から拓海のペニスにしゃぶりつく。

「ああ、拓海のすごいわ。こうしたかったのよ。こうして……あおううンン」

島岡の時とは違って、自分からねっとりと舌をからめていく。張った亀頭冠をまわすように舌を躍らせて刺激し、裏のほうにまで舌を這わせる。

苦笑しながらも、島岡は後ろにまわり、ぴちぴちのスカートをめくりあげた。まろびでるパンティストッキングに包まれたヒップは今にも落ちそうな白のパンティを底辺に張りつかせて、微妙に揺れている。

後ろにしゃがんで、双臀の奥をまさぐった。

振動する柔肉を荒々しく撫で、指で叩くようにすると、奈緒はますます卑猥に腰をくねらせ、快感をぶつけるように激しく、拓海のペニスにしゃぶりついていく。

奈緒がやけに情感込めておしゃぶりしているのを見ると、心底いやになった。

（こいつ、もっと懲らしめてやらなきゃな）

島岡はフェラチオをやめさせて、奈緒を立たせた。

狭いエレベーターの壁に両手をつかせて、腰を後ろに突き出させる。

スカートをめくり、パンティストッキングと下着を膝下まで剝いていく。

「ああ、いやッ……それは、いや！」

腰を逃がす奈緒を怒鳴りつけて、強引に後ろに引かせる。

洪水状態でぬめ光る恥肉から、ローターをほじくりだした。

淫蜜にまみれたローターを拓海に渡しておいて、バックから押し入った。

鋭角に嘶《いなな》く勃起が、双臀の狭間を割ると、

「うあッ……！　ああ、信じられない……こんなの、ウソよ。ウソ……ううン！」

沈みこもうとする腰をつかんで支え、破裂音をたてて打ちこんでいく。

狭くて、どろどろに溶けた膣肉が、パニックを起こしたみたいに分身を締めつけてくる。うつむいて必死にこらえていた奈緒の口から、しどけない女の声が洩れはじめた。

「うッ、うッ、うッ……ああ……ああァァ……やッ、どうして？　どうしてよォ……ああン、あン、あン、あン」

帽子が載った頭を上げ下げしながら、奈緒は歓喜の声をこぼし、絶頂に向かって駆け上がっていく。

「拓海、こいつのオッパイをモミモミしてやれよ」

拓海が下を向いた乳房を荒っぽくマッサージしはじめた。ブラウスのボタンを外して、あらわになった胸をブラジャーごと揉みしだいている。

その間も、エレベーターのドアはわずかな開閉を繰り返してガタガタ唸っている。

島岡は強弱をつけて打ち込みながら、聞いた。

「仕事は何時に終わるんだ？」

「……どうして、そんなこと聞くのよ」

「拓海が、お前とセックスしたいんだってよ」

「……六時よ」

「じゃあ、六時過ぎに屋上で待ってる。絶対に来いよ。来なかったら、お前が痴女だってことが、デパート中にひろがるからな。わかったか？」

「わかったわ」

「よおし、イケよ。エレベーターのなかで、恥も外聞もなくイクんだ。そうら」

続けざまに突いた。上体をのけぞらせて下腹を突き出すと、奈緒の様子が逼迫してくる。

「うッ、うッ……あッ！　……ああ、あン、あン……はあァァァ！　……うム！」

絶頂に昇りつめたのか、奈緒は派手に背中を反らせた。ガクガクッとして、床に崩れ落ちていく。

座り込んだまま動かない奈緒を見下ろしながら、島岡はズボンを上げた。

「拓海、行くぞ」

クルミを剝がすと、ドアが開いた。

エレベーターの前には人だかりができていた。

二人は人の群れをかきわけるように、エレベーターを離れる。

「どうしました？　大丈夫ですか？」

若い女が、奈緒に駆け寄るのが見えた。

4

午後六時、二人は屋上で、奈緒が現れるのを待っていた。

このデパートの屋上は子供相手の遊技場になっているが、五時には閉鎖される。屋上を周回する子供列車も、今は停車場にひっそりと停まっていた。

拓海が時間を気にして、言った。

「来ますかね？」

「来るさ。あいつは、お前にゾッコンだからな。それに、証拠写真が気になっているだろう。ブラフだとも知らないでな」

島岡には確信があった。案の定、奈緒がエレベーター塔から出てきた。今流行《はや》りのキャミソールに、膝上のスカートをはいている。スケスケキャミソールからは、下着のラインが透け出ているし、二の腕は意外にむっちりしている。

パーマをかけられたウエービーヘアが、ととのった小顔を引き立てていた。佇《たたず》む奈緒に近づいていく。

「さっき、大丈夫だったか？」

島岡が聞くと、

「大変だったのよ。色々と聞かれて……ごまかしたけど」

奈緒が顔を上げて、答える。

「しょうがないな。自業自得だ」

「こんなところで、どうするの？」

「任せておけって。お前たちの思いはきちんと遂げさせてやるから」

島岡は目をつけていた遊戯施設に、奈緒を連れていく。

コアラの格好をしたかなり大きなテントのようなもので、なかに入ると、空気をいっぱいに孕《はら》んだクッション抜群のビニール製の床があり、ここで子供たちが飛び跳ねたりして、遊ぶのだ。

「入れよ」と、奈緒を先に内部に押し込んだ。島岡と拓海も入っていく。

「ほらッ」と、奈緒をオレンジ色の床めがけて突き倒した。

「いやッ！」

悲鳴をあげた奈緒の身体が、ポワワンと弾み、ミニスカートからむちむちの太腿があらわになる。白のパンティまで見えている。

島岡は拓海と顔を見合わせて、奈緒のすぐ横に飛び込んだ。

ポン、ポンとトランポリンの要領で跳ねると、空気の関係で、奈緒の身体もあっちこっちに弾む。体重が軽いので、よけいに弾むのだ。

「やッ、怖い……たすけて！　やッ」

奈緒が黄色い声をあげた。

足が乱れて、ミニスカートから長い太腿がはみだし、白のパンティの股間まで完全に見えている。

スカートを引っ張って、懸命に股間を隠そうとする奈緒。

それを、二人がかりで襲いかかり、キャミソールやスカートを剝ぎとりにかかる。

「いやッ……やめて！」

必死にガードするブラジャーとパンティストッキングに手をかけ。苦労して毟りとった。

遊戯施設のなかで全裸に剝かれた奈緒は、恥ずかしそうに胸を隠して、太腿をよじりあわせる。

コアラのなかはすでに薄暗くなり、ほの白い女の裸体だけが妖しく浮かび上がっていた。島岡は頭のほうから両腕を万歳の形に押さえ込むと、

「いいぞ。拓海、やれよ」

拓海は頷き、ズボンを脱いだ。およそ美少年には似つかわしくないイチモツが、いきりたっている。

薄暗がりにそそりたつ肉棹に目をやりながら、奈緒は首を左右に振った。

「いや……あなたとは、こんなふうにはしたくないわ」

拓海は股間に手を伸ばして、翳りの奥をまさぐった。

「ほら、こんなに濡らしてる……これで、したくないなんてウソだね」

押し黙った奈緒の足を開いて、間に腰を割り込ませた。

さかんに首を左右に振る悲しげな表情を見ながら、イチモツを押し込んでいく。亀頭冠がとば口を押しふさぐと、

「ううッ、あぁァ……大きい！」

奈緒が悲鳴をあげて、突き放そうとする。拓海がかまわず打ちこむと、

「いやァ、はあぁァァ！」

奈緒は顎を突き上げて、ビニールの床をかきむしった。

「そうら、入ったよ。どう、感想は？」

「ううッ、つらい……大きすぎて、あそこが裂けちゃいそう」

「大丈夫。すぐに慣れるから」

自信満々に言って、拓海が腰をつかう。強く打ちこむと、その反動で二人の身体が揺れる。反発力のあるトランポリンの上で犯されているような奇妙な感覚を、奈緒は味わっていることだろう。

奈緒は突かれるたびに、「うッ、うッ、うッ」と呻き声を洩らして眉根を寄せる。

「どう？　いい？　いいんだね」

「いいわ……いいの。ああ、拓海のがあたってる。あそこにコツコツあたってるの……あン、あン、あン、あン」

拓海はのしかかるようにして弾む乳房に手を伸ばし、荒っぽく揉む。薄暗がりのなかでいやらしく飛び出した乳首をこねまわし、くびりだすようなこともする。

乱暴に扱われているのに奈緒は、

「あああァ……それ、感じる……ううン、あッ、あッ、あン……」

拓海の腕にしがみつくようにして、女の声を噴きこぼすのだ。

(この女！　これじゃあ、罰を与えることにはならんじゃないか)

島岡が苦笑する間にも、拓海が体位を変えた。

繋がったまま身体の向きを変えさせて、バックからの体位を取る。四つん這いになった奈緒の腰を引き上げて、手足を完全に伸ばす。

「ほら、歩くんだ。犬みたいに」

そう命じて、拓海は後ろから押していく。

「これ、怖い……ああ、恥ずかしい！」

羞恥の声をこぼしながら、奈緒は押されるままに右手と左足、左手と右足を交互に出して、前へと進む。下が反発力があるので、不安定である。

転びそうになるのを拓海は腰をとらえて安定させながら、時には押して、時には腰を引き寄せては屹立を叩きこんだ。

「ああ、無理よ……また……うン、うン、あッ、あッ」

生まれたばかりの子鹿のように足をガクガクさせながらも、奈緒は必死に進む。

「拓海、こっちだ」

島岡が呼ぶと、二人は入口のほうに近づいてくる。

「いやよ、いや……何、するの？」

「ふふっ、このまま、外へお散歩しようか」

島岡は入口のカーテンを開いて、二人が外に出るのをたすけた。

夏の六時過ぎである。デパートの屋上はまだ明るい。

「いやァァ！　いやです」

「ふふっ、声を出すと、誰かが来るよ。いいんだね、僕はすべてを言うよ。あなたが痴女だってことも」

拓海に脅されて、奈緒は押し黙る。

「こっちだ」

島岡は先頭に立って、二人を誘導した。

ふらふらしながら、奈緒は防水加工のされた床を四つ足で歩かされる。持ち上げられた尻がもこもこ揺れて、みっともない。キョンキョンに似た美人なので、その無残な格好が、男の下劣な感性をくすぐる。

薄暮の屋上では、女の全裸はいかにも不似合いで唐突だ。そのミスマッチ感覚がたまらなくいやらしい。

コースに止められている遊技用自動車が目に入った。

「拓海、あそこでカーセックスと行こうぜ」

「面白いですね。でも、運転できるかな」

拓海は奈緒を押しながら、コースに入り、停まっていた一台の小さな車に乗った。

自分は運転席に尻を潜りこませ、膝の上に奈緒を載せた。

「これじゃ、ハンドルに手が届かないな。奈緒がハンドル操作しろよ」

そう言って、奈緒にハンドルを握らせる。

おずおずとハンドルに手を伸ばす奈緒。拓海がアクセルを踏むが動かない。

「こういうのは、お金入れないと、動かないんだよ」

島岡は百円硬貨を投入口に入れてやる。

拓海がアクセルを踏むと、子供用自動車が動きだした。

ハンドル操作が上手くいかないのか、車はふらふらと蛇行を繰り返し、外縁のラバーにガツンと衝突した。

「下手だな。ちゃんと運転しなよ」

「ああ、ごめんなさい……でも、これ……」

「オマ×コに突っこまれてるから、上手くできないって……奈緒さんがエッチだからだろ。少しは我慢しなよ。行くよ」

拓海がふたたびアクセルを踏んだ。

よろよろしながら、車はコースに沿って走っている。

拓海が手を胸に伸ばして、乳房を揉んだ。

全裸で遊技用自動車に乗せられて、色白の肌を浮かび上がらせながら、あらわな乳房を揉まれる女の姿が、島岡の復讐心を満足させた。拓海に乳首をこねられて、

「ううンン、やッ……しないで……それ、駄目……ああンンン」

方向性を失った車がガンと外の自動車にぶつかった。

「しょうがない女だな。ほら、奈緒さん、一周するまでこのままだからな」

「ああン、無理よ……だったら、この手を外して。オッパイから外して」

「そうしたら、一周できるのかな？」

拓海が乳房から手を離して、アクセルを踏んだ。

前屈した奈緒が、懸命にハンドル操作する。拓海は乳房の代わりに、今度は下腹をまさぐっている。

「そこ駄目……弱いの……ああ、ううンン……やッ、やッ……」

とうとうハンドル操作を放棄して、奈緒が上体をのけぞらせた。

「しょうがない女だな。エッチなんだな、奈緒さんは」

拓海は背後から抱え込むようにして、乳首とクリトリスをいじりながら、腰を突き上げている。

「ああ、ああンン……素敵よぉ、拓海のおチンチンが暴れてる。奈緒のお腹で暴れてる……ああ、あン、あン、あン」

ここが遊技場であることも意識から消えてしまったのか、奈緒は小気味よく声をスタッカートさせる。突き上げに合わせて自分も腰を揺すりあげる。

「拓海、こっちだ」

島岡は二人に遊技用自動車から降りさせた。ふたたび例の子鹿スタイルで繋がったまま、歩かせる。ふと見ると、子供用のピンボール台があった。

拓海は接合を解いて、奈緒をピンボールのガラス面に仰向けに寝かせた。子供用にできた背の低い器具だから、はめるにはちょうどいい高さだった。

拓海が足を開かせた。M字開脚した足の間に、ぬらつく裂唇が口を閉じることもできずに、鮭紅色にぬめ光る内部をのぞかせているのが見える。

「エッチなオマ×コだね。ひろがってるよ。女の孔《あな》が見えてる。奥まで見えてる」

「見ないで。そんなとこ見ないで……ああ、して！　ください。そこに欲しいの！　焦らさないで」

尻が誘うように揺らめき、肉孔から泡立った淫液がこぼれでる。

拓海はM字に開いた足を持ち上げるようにして、一気に貫いた。

「う、ああッ！　……はあァァァ」

口を一杯に開いて、奈緒は喉の奥をのぞかせる。

拓海が続けざまに突くと、奈緒は泣いているように眉を折り曲げて、

「あン、あン、あン……ああ、どうにかなっちゃうよォ……浮いてるの。どんどん浮

いちゃう……ああ、ああァァァ」

後頭部をガラスに打ちつけながら、手でゲーム機の端をつかんでいる。

島岡は奈緒を覗き込んで言った。

「お前、島岡孝一って名前に覚えがあるだろ？」

あさましく喘いでいた奈緒の声が止まった。

「覚えてるようだな。そうだよ、お前の姉貴に痴漢だと告発されて、臭い飯を食わされた男だ。それが私だよ」

奈緒の顔が引きつった。

「まったくの冤罪だった。だが、あんたは姉が告訴をやめようとした時、けしかけた。そのおかげで私は有罪になった。職を失い、女房とも別れた。人生を棒に振ったんだ。あんたのお蔭でね」

「……ウソよ。あなたはやったのよ。姉を痴漢したのよ。姉がそう言ってたわ」

「残念ながら、やっていない」

島岡はデジタル・カメラを取り出して、狙いをつけた。シャッターを押すと、フラッシュが光った。

顔を隠そうとする手を、拓海が押さえつけた。

「ああ、拓海。どうしてなの？　どうしてあなたが……！」

「拓海は、俺に同情してくれてるのさ。お前たちは、男の敵だからな」

言いながら、もう一枚写真を撮った。

「痴女写真もある。あんたは俺たちの言いなりになるしかないな」

「……いやだわ、いやです」

「じゃあ、しょうがない。お前が電車で高校生のチンチンをしごいている写真を、デパート中に貼ってやる。それでも、いいんだな?」

脅しをかけると、奈緒が押し黙った。

「それでいい。呼び出されたら、何を置いても飛んで来るんだ。わかったな……いいぞ、拓海」

拓海がふたたび腰をつかいはじめた。

「いや、いや……拓海、やめて!」

最初はそう抵抗していた奈緒だが、苛烈に叩きこまれるうちに気配が変わった。

「あン、あん、あン……やッ、ああ、ああンン、そこ……ああァァ、しないで」

しないでと言われて、拓海が律動を中断すると、

「いや、いや、いや……動いて……動いて……」

矛盾したことを言って、下腹部を誘うようにうごめかせる。

「ふふっ、どっちなのかな?」

「欲しいの。拓海の熱いのが欲しいの。ちょうだい。奈緒のあそこにかけて」

潤みきった瞳を向けて、せがんでくる。

「しょうない人だな」

苦笑して、拓海が腰をつかう。筋肉質の尻が締まると、

「ああ、ああ、それよ……いいの。あたってる……突いてくる……大きいのが突いてくる……ああ、あああァァァ！　……はうッ！」

奈緒はゲーム台の縁をつかみながら、激しくのけぞった。

絶頂に達して痙攣する奈緒を見て、島岡は苦笑した。

（まいったな。すっかり、気分を出して……これじゃ、懲らしめているのか、二人のキューピッド役を果たしているのか、わからんじゃないか）

ふと見ると、沈みかけた夕日が、西の空を茜色に染めていた。

第五章　上野発わいせつ電車

1

　マンションに帰ったドランク宇川は、つい今しがた体験したことを、頭のなかで反芻《はんすう》していた。

　Tビデオから珍しく出演の依頼があり、徹夜で二人の女優を犯した。その帰りに地下鉄で寄ってたかって痴漢されている美女を目撃した。いつもなら我先にと参加している宇川だが、一晩で五発決めるとさすがに疲労の色は隠せずに傍観していた。

　痴漢されていた女はやけにスタイルが良くて、あか抜けしていた。毛先がくるくると丸まった現代的な髪形をしていて、サングラスをしていてもとびっきりの美女であることがわかった。

　驚いたのは、女が痴漢されても一切の抵抗はせずに、身を任せていることだった。それどころか、自分に向かって突き出された何本もの肉棹をしごいていたのだ。

（あの女、明らかにイッてたな。あんな美人ちゃんなのに、痴女とはな）

などと地下鉄でのシーンを思い出してニヤニヤしていると、テーブルの上にページが開かれて置いてあるファッション誌が目に入った。あさみが愛読している若者向けの女性誌だ。

（ウン？　……こ、これは！）

ページいっぱいにお洒落な服を身につけたスレンダーなモデルの写真が載っていた。そして、その顔つきや背格好がついさっき地下鉄で見た痴女にそっくりなのだ。

（まさかな……しかし、似てる。似過ぎてる）

ページの女は痩《や》せているが、オッパイはデカそうだ。しかも、大きな切れ長の目とスッと切れ上がった好きものらしい口が、小悪魔のような魅力をたたえて、フェラさせたら気持ち良さそうな口である。

女の名前を思い出した。この前、あさみが憧れているとかで、教えてくれた。たしか、唐沢友香里《からさわゆかり》とかいった。この雑誌の専属モデルで、若い女の間ではカリスマモデルとして圧倒的な支持を得ているらしい。

（カリスマモデルが集団痴漢されて悦んでるなんて、ありえない）

そう打ち消してみるものの、見れば見るほど似ている。口の右側にある小さな黒子《ほくろ》の位置まで一緒だ。

（ありうるな。カリスマかなんだか知らないが、誰だって表とは違う裏の顔を持って

いるものだ……島岡さんに一応話してみるかな)

島岡に電話をして、事情を話すと、島岡は「調べてみる」と短い答えを残して、電話を切った。

連絡がないので、やはり違ったかと諦めているところへ島岡から電話が入った。

「この前の話、宇川さん、あたりだよ」

「じゃあ、やっぱり」

「ああ。宇川さんが地下鉄で会った女、彼女は正真正銘のカリスマモデルだ。唐沢友香里だよ。友香里のマネージャーをやっている、森永《もりなが》って男がいるんだ。彼女のモデル事務所でマネージャーをしてるんだけど、その森永本人から聞いたから、信憑性高いだろ」

「へえ、奇妙な話だな。マネージャーがなんで?」

「彼女、外面はいいけど、けっこう我儘《わがまま》らしくてね。もう、何人もマネージャー、代えてるんだ。ちょっとしたミスも許さずに、徹底的に苛めるらしいんだ」

島岡はそこでいったん話を切った。飴か何かを口に放り込む気配がする。

「森永も彼女に対しては、そうとうカリカリ来てるらしい。それで、ちょっと甘い汁を吸わせたら、ぺらぺらしゃべったよ……友香里ちゃん、やばい性癖を抱えているらしいんだな」

「やばい性癖、なんだよそれ？」

「ほら、この前、宇川さんが遭遇したやつだよ。彼女、なんて言ったらいいか、不特定多数の男に身を任せることで、日頃のストレスを解消しているらしいんだな。何しろ、カリスマだからな。恋人を作ることもできないし、何かとストレス溜まるんだな」

「まあ、四六時中監視されてりゃ、そうなるだろうな」

宇川は訳知り顔で頷く。

「それで、たまに身分を隠して、この前みたいに痴漢に身を任せたりするわけだよ。森永はそれに気づいているんだけど、どうすることもできないわけだ。というより、この前の感触では、自分もその不特定多数の一員になりたいみたいだったけどな」

島岡の話を聞いているうちに、頭に何かが閃《ひらめ》きかけた。

「面白そうじゃん。何か、考えられないか？　彼女を追い込むような」

「こっちもそれを考えてたよ。もう少し時間をくれないか。話を進めてみるよ」

「頼むよ。何とかして、友香里とやりてえよな」

「わかってる。それはこっちも同じだよ。少し時間をくれ」

そう言って、電話が切れた。

電話の間、宇川のイチモツをおしゃぶりしていたあさみが顔を上げて、何の話か聞いてくる。

「お前には関係ないよ。いいから、しゃぶれよ」

巧みな舌づかいに唸りながら、宇川は唐沢友香里のことを考えていた。

(やりてえ、あいつをヒイヒイよがらせたい)

フェラを中断させて、あさみが読んでいるファッション誌から、唐沢友香里がモデルをしている雑誌を持ってきた。

ふたたび咥えさせながら、友香里の写真を見た。

着せ替え人形のように様々な服を着て、笑顔を見せている。フェラさせたら上手そうなくっきりした口尻を不自然なまでに引き上げて、微笑んでいる。

(友香里、待ってろよ。お前をいやというほど犯してやる)

その夜、宇川は、友香里に見立てたあさみを、「もう、いいよ」と言うまで突き続けた。

2

その日、唐沢友香里は上野発の特急に乗っていた。N県で行われるファッション・ショーとロックのコラボレーションによる公演に、特別出演するためだ。

ロックは嫌いではないが、初めての試みだから、不安がある。

それに、マネージャーの森永は相変わらず要領が悪く、新幹線で行けばもっと早く着くのに、わざわざこの特急を選んだ。

もっとも、二人が乗っているグリーン車には、数えるほどの乗客しかいないから、そういう意味ではのんびりできる。

「森永、コーヒー！」

「あッ、すみません。あの、これじゃ、駄目ですか？」

森永が取り出したのは、缶コーヒーだった。しかも、糖分が入っているやつだ。

「缶コーヒーは不味《まず》くて、いやだって言ってるでしょ。それに、これ、無糖じゃないでしょ。缶コーヒーの糖分て、バカにできないのよ。何度、言ったらわかるの！　それで私のマネージャーやろうなんて、甘いわよ」

「そ、そうですね。すみません。じゃあ、ちゃんとしたコーヒー買ってきます」

(ほんとに駄目なマネージャーだわ……モデルがスリムな体型を維持するためにどれほど努力してるか、てんでわかってないんだから)

自分の載ったファッション誌をぺらぺらめくっていると、グリーン車の前の席に座っていた男が立ち上がった。こちらに向かって歩いてくる。がっちりした体軀《たいく》のどこかに殺伐とした雰囲気を持つ男である。

(正体がばれたのかしら？　サインでもねだられたら困るわ。まったく、肝心な時に

森永はいないんだから）

雑誌に視線を落としてやりすごそうとしていると、男が話しかけてきた。

「そこ、いいすか？」と、隣の席を指す。

「あの……ここは指定席になっているはずですが。それに、ここは連れの席で、すぐ戻ってきます」

「じゃあ、こうしますよ」

男が前の席をぐるりと回転させて、向かい合う形にした。

ボックスシートと化した座席の、友香里の正面の席にどっかりと腰をおろす。

失礼な男、と思ったが、強く出るのは怖い。森永が帰ってくるまではおとなしくしていよう。

男は冷房が効き過ぎの車内でもタンクトップを身につけていた。タンクトップからのぞく肩の筋肉が盛り上がっているのを見て、友香里はふいにあの感情にとらわれそうになる。恐れている感情の発露を防ぐために視線を移した。

（駄目、駄目……それにしても、何て男なの？　こんなに空いているのに、前に座って。いやがらせとしか思えない。森永が戻ってきたら、席を移ろう）

そう考えている時に、男が不自然に股を開くのが見えた。

友香里を左右から威圧するように足を鈍角にひろげて、窓のほうを眺めている。

見てはいけないと自分を諌《いさ》めながらも、視線は自然に男の股間に落ちる。まるで見せつけでもするように開いたフィット・パンツの股間が、やけに大きく膨らんでいる。

(何よ、これは？　あそこを大きくしているの？)

友香里は確かに膝上三十センチのミニをはいている。モデル特有のほっそりした足が太腿の途中まで見えているだろう。それで、昂奮してしまったのだろうか？

(困ったわ。森永、早く戻ってきてよ。何、してるの？)

隣の客車に目をやるが、森永が帰ってくる気配はない。

(ウン……？)

何かが動いた気がして、そちらに視線が流れた。

動いているのは、男のあれだった。

ズボンの股間を持ち上げたペニスが、ピクッ、ピクッと上下動している。

(ああ、いやだわ……なんてことしてるの？)

嫌悪感を抱きつつも、視線は股間に釘付けされたように動かない。

(駄目よ、友香里。また、悪いクセが出かけてるわ。無視するのよ、こんな男……)

そう自制しようとするものの、フィット・パンツに包まれた男のそれはますます大きく持ち上がり、断続的に隆起を繰り返している。

臍《へそ》に向けて真っ直ぐに隆起したそれは、柔らかなデニム地を勃起の形そのままに押し上げて、友香里はイチモツが透けて見えるような気さえするのだ。

(どう見積もっても、大きいわ。十五センチは優に超えてる)

自分でもマゾ的なところがあることは充分にわかっていた。だが友香里は「カリスマモデル」である。カリスマがじつはマゾで、男に乱暴に扱われると感じてしまうなど、絶対に知られてはいけないことだった。

それでも、ばれたら大変なことになると知りつつも、時々、集団痴漢に身をゆだねてしまう。特定の男を相手にするのは怖いし、誰とも知れない男たちに身をゆだねていると、痺れるような快感が襲ってくる。たまにそうやってガス抜きしないと、モデルというつらい職業はやっていけなかった。

男が右手をデニムのポケットに突っ込むのが見えた。

いったい何をするつもりなのかと、それとなく盗み見していると、ズボンのなかで何かが上下に動きはじめた。

(いやだわ、この男、なかでペニスをしごいているんだわ!)

髪を短く切った男は窓から外を眺めながら、パンツを突き上げた勃起を激しく摩擦している。キュッ、キュッと連続して擦り、いったん動きを止める。それからまた、素早くしごく。

（痴漢。露出型の痴漢なんだ）

怯えに似た感情がせりあがってくる。

（駄目よ。見ては駄目……相手を悦ばせるだけじゃないの）

瞳を閉じた。すると、太腿に何かが触れた。

男は左右の足で、両側から友香里の膝を挟みつけているのだ。

「やめて！」

次の瞬間、友香里の目に入ったのは、自分に向かって突出しているグロテスクな肉の目玉だった。赤黒くテカった一つ目小僧が、挑みかからんばかりに友香里に向かってきている。

（いやよ、いや……何よ、これ！）

心の中ではそう叫んでいる。しかし同時に、身体の中心を銃で撃ち抜かれたような衝撃で、下腹部がジーンと痺れた。

頭がボゥとしてくる。霞《かすみ》のかかった視界のなかで、怪物のような肉の大筒だけが、やけに大きく見える。

男が立ち上がった。髪をつかまれた。力任せに引き寄せられる。

目の前の肉棹からおぞましい小便臭が混ざったホルモン臭が匂い立ち、その噎せるような匂いが、友香里を陶酔に追いやろうとする。

「しゃぶれよ、あン」

男がヤクザ口調で言った。

頬張りたかった。だが、自分はカリスマモデルの唐沢友香里なのだという意識が、かろうじてそれを思い止まらせた。

「いやだわ。何なの？　あなた、何なの？　人を呼ぶわよ」

「くくッ、ほんとはしゃぶりつきたいくせに。あんたの顔を見てれば、わかるよ。ほら、知らないうちに唇を舐めてる……しゃぶれよ！　そのきれいな顔をぶん殴るぞ、あン」

男の言葉を、友香里は自分の行動を正当化するのにつかった。

（私はモデルなのよ。顔を目茶目茶にされたら、今夜のステージにも立てない。私は脅されてするのよ。いやいややるのよ）

口を突かれて、友香里はおずおずと唇を開いた。そこに、おぞましいものがねじこまれる。

「ううッ……！　おおゥゥ」

太く、硬いものが、口腔を埋め尽くしてくる。

息ができない。鼻で呼吸をする。むっとするホルモン臭が鼻孔からしのびこみ、友香里が隠しておきたい秘密の性中枢を活性化させる。

それでも、自分から舌をつかうのはためらわれる。それをしたら、自分が好きでこういうことをしていることになってしまう。

男が髪をつかんで引き寄せながら、腰をつかった。

ズリュ、ズリュと長大なイチモツが、口腔を犯してくる。

これなら、自分から進んでしているわけではなかった。

(そうよ、私は無理やりされているの。凌辱されているのよ)

男はダイナミックに口を犯してくる。唸り声さえ洩らしている。

(こんなことをしたら、周りの乗客に見つかってしまう。乗客も気づいているはずなのに、どうして誰も注意しないの？)

朦朧としてくる頭のなかで、一瞬、そう思った。

だが、男の強引な律動の前に、すぐにどうでもよくなってしまう。

「うン、うン、うン、うン……」

厳しく怒張を打ちこまれるたびに、くぐもった声があふれた。

「舌をつかえよ。自分からしごけ。ちゃんとしねえと、ほんとにマ×コ犯すぞ」

男の厳しい叱咤に、心が震えた。

(そうよ、ちゃんとしないと、私は犯されてしまうのよ！)

友香里はゆったりと頭を打ち振っていた。

長いもので喉奥を突かれそうになり、屹立を右手で握った。

根元のほうをしごきながら、先端に舌を這わせる。

野太い肉棒がますます大きく、硬くなり、血管がぷっくりと膨れ上がっている。

(ああ、私、何をしてるの？　ここは電車のなかなのよ。誰が見てるともわからないのよ。そんななかで、私は醜悪な肉棹を咥えている……可哀相な友香里。あなたが悪いんじゃない。この男がいけないのよ……そうよ、そう……友香里はちっとも悪くない。ああ、ううン……気持ちいい。身体が浮いてる。桜が舞い散る天国で、私はふわふわ浮かんでる)

友香里はカリスマモデルであることをやめて、素の友香里に戻っていた。

鋭角に漸く肉棹の裏に舌を走らせ、皺袋を持ち上げるようにしてあやしている。

3

(ふふっ、こいつ、ドマゾだな)

宇川は金玉さえ舐めてくる友香里を見て、ほくそ笑んだ。

(あの、小悪魔的な笑顔を振りまいてる友香里ちゃんが、じつは救いようのないドマゾだったとはな)

あらためて、友香里を見る。

マニキュアされた細い指が、太棹に巻きつき、リズミカルにしごいている。小指を浮かせて、柔らかなリストワークで指をすべらせる友香里は、容貌こそ雑誌で見かけるものと変わらないが、すでにひとりの淫らな女になっていた。

手を肉棹から離し、口だけで頬張ってくる。

光沢感あふれる形のいい唇が、勃起の表面にまとわりつき、激しくスライドする。

「うふッ、うふッ、うン、うン、うン」

顔を大きく振って、続けざまにしごいた。

いったん吐き出して、邪魔な髪を耳の後ろに梳《す》きあげる。少し顔を傾けて、先端に接吻し、ねっとりと舌を這わせる。

「ネチャ、ヌチャ……ああォォ……うン、うン、うン」

太棹を吸い込み、唇でぴったりと覆って、徐々にスライドのピッチを上げてくる。

お洒落なニットのトップスの胸元から、深い乳房の谷間がのぞいていた。V字に切れ込んだ襟元にはサングラスが引っかけてある。

(俺は今、友香里ちゃんにチンチンを舐めさせているんだ。おおゥ、最高だ。あさみに見せてやりてえ。あいつ、憧れの友香里ちゃんが俺のを舐めているところを見たら、卒倒しちゃうかもな)

湧き上がる快感にうっとりしていると、仲間がやってきた。

島岡と長谷部である。その後ろに、森永がこっそりとついてきている。

じつは、このグリーン車の乗客はこの五人しかいない。

実際はあと三人客がいたのだが、「事情があるから」と大枚をはたいて、他の車両に移ってもらったのだ。要するに、貸し切り状態である。

N県方面に向かうこの特急は、現在、新幹線が走っているために客はそちらに流れて、この特急を使う者は数えるほどしかいない。それを利用して、友香里をとことんいたぶろうというわけだ。島岡と森永が相談して、決めたのだった。

三人と顔を見合わせて、宇川はニタリと笑う。

目で合図すると、島岡と長谷部が下半身を剝《む》き出した。

森永は怯《きょう》気《き》づいてて、後ろに控えている。

二人が近づいてくる。友香里が気づき、肉棹を吐き出した。

大きな瞳をいっぱいに見開いて、どうしていいかわからないといった状態で茫然と二人を見ている。

「あんたら、いいことしてるな。こっちも頼むよ」

島岡が咥えさせようとすると、友香里が拒んだ。

無言のまま立ち上がろうとするのを、三人がかりで肩を押さえて腰をおろさせる。

「何なの、あなたたち！　車掌を呼ぶわよ。いいのね」

友香里が眦《まなじり》を吊り上げて、にらんでくる。

スッと切れ上がった目尻を朱に染めて、強い感情をあらわにして見つめてくる。美女の怒った顔ほど、男心をそそるものはない。

「くくッ、そんなことしていいのかねえ、友香里ちゃん」

名前を出すと、途端に友香里の顔がこわばった。

「唐沢友香里だろ。カリスマモデルの……カリスマが聞いてあきれるよ。見ず知らずの男のチンポコを、美味しそうにしゃぶりやがってよ」

「違うわ。何を言ってるの？　私は違います」

「こんなこと言ってるぞ、なあ、森永さん」

声をかけると、森永が済まなそうな顔をした。

「森永！　……あなた、何をしてるの？　これ、どうにかしてよ」

「へへっ、それは無理だよ。森永さんは仲間なんだから」

友香里が大きな目をさらに見開いて、宇川を見た。森永に視線を投げて、

「ほんとうなの？」

森永はうつむいて黙っている。

「どうして？　どうしてこんなことするのよ？　森永、今だったら許してあげる。車掌さんを呼んできて！」

「無理だって言ってるだろうが」

宇川は髪の毛をつかんで、友香里の顔を左右に引っ張りまわす。

色白のうりざね顔をしているが、全体の面積に較べて、目とか鼻とか口とかの部位が占める割合がずいぶんとひろい感じがする。いかにもモデル向きの顔だ。その美貌が今は悲しげにゆがんでいる。

「地下鉄で集団痴漢されて、悦んでたのは誰だった？　唐沢友香里だろうが！」

凍りついた友香里の髪を鷲づかんだまま、ぐらぐらと揺さぶる。

「週刊誌にバラしてやろうか？　カリスマモデルはじつはドマゾで、集団痴漢されて悦んでるってな……わかってるんだよ、あんたのことは。今だって、ほんとはゾクゾクしてるんだよな。マラ突きつけられて、ここがヌレヌレなんだよな」

宇川はスカートの奥に手を突っ込んだ。

「いやッ！」

太腿をよじって逃れようとする友香里を怒鳴りつけ、内部をまさぐる。

スリットのあるウルトラミニの奥では、パンティの基底部がじっとりと湿気を含んでいた。

「ヌレヌレじゃないか。寄ってたかっていじられて、マ×コ濡らしやがって。お前はそういう女なんだよ」

基底部をなぞりながら、唇を奪った。

「ううッ！……」

引き離そうとするのを力ずくで唇を押しつけ、柔肉を指でいたぶると、「はあァァァ」という吐息とともに身体から力が抜けていった。

ゆるんだ唇の隙間から舌をねじこみ、ねちねちとからめる。

友香里はもう抗うこともできなくなったのか、されるがままに舌を預けている。

カリスマモデルの甘い唾液を飲み、臭い唾液を送り込む。すると、友香里は喉を鳴らして唾を飲んだ。

（こいつ、俺の臭い唾を飲みやがった！）

湿ったパンティの基底部を叩くように愛撫し、いやらしく舌を玩弄する。

その時、奇跡が起こった。友香里が自分から舌をつかいはじめたのだ。潤みきった柔軟な舌を押しつけ、さらに円を描くようにしてからめてくる。

「うふッ……うン、ううンンン」

艶《なま》めかしい声を洩らし、自分から抱きついてくる。

（マゾめ。このドマゾ女が！）

ここが責め時とばかりに、宇川は歯茎に舌をあてたり、ねちっこくまとわりつかせながら、股間を責める。

締めつけられた太腿が左右に揺れ、ゆるんだ。足を開いて宇川の指を受け入れ、切なそうに腰をくねらせる。

さっきまであんなに突っ張っていたのに、この変わりよう……。これが、マゾという生き物なのだ。

AV時代に真性マゾと対戦したことがあるから、宇川にはそれがよくわかる。だいたい女はほとんどがマゾだ。鈍い女はそれにさえ気づかない。友香里はそれに気づいているだけ、感受性が強いということだ。貪欲なのである。

宇川はキスを終えると、島岡と長谷部に目配せした。

肩で息をして、潤んだ瞳を伏せる友香里。

島岡がさらした勃起を、口許に押しつけた。

長谷部もすぐ横で、肉棹をさらしている。

二本の硬直を交互に見た友香里は、近いほうの島岡の勃起を頬張った。

口を一杯に開けて、唇をかろやかにすべらせながら、右手で長谷部の肉棹をつかんで、ゆるやかにしごいている。

「うン、うン、うン……ううンンン……」

頬をへこませたり、膨らませたりしながら、眉根を寄せて口を尖らせる友香里。

正体を現した美女の痴女ぶりを観賞しながら、宇川はスカートのなかに手を入れて、パンティを抜き取った。

森永に、裏返った基底部のシミを見せてやる。

「森永さん、見てみな。すごいシミだろ。ねっとりしたものが舟形についてる」

「そ、そうですね」

「やるよ。記念にとっときなよ」

小さな布切れを渡すと、森永は基底部をひろげたりして、じっくりと観察する。匂いを嗅ぎ、それから舐めはじめた。

(こいつも、マゾか?)

森永がズボンを下げた。猛々しく屹立した意外とデカいマラを、ハイレグ形のシミ付きパンティで包み込んで、しこしこやりだした。

「ううッ、友香里！　犯してやる。グッチョングッチョンにはめてやる！」

吼えながら、森永は気持ち良さそうに目を細める。

(本人が目の前にいるっていうのに。こいつは、ほんまもんのヘンタイだな)

宇川はふたたび二人を見た。

友香里は今度は、長谷部の勃起をしゃぶっていた。

卑猥な唾音をたて、リズミカルに顔を振りながらも、その一方では島岡の肉棹を握って手コキしている。

それが癖なのか小指を立てて、ねちゃねちゃいわせながら華麗に擦っている。

カリスマモデルにしごかれては、たまらないのだろう。

二人は逼迫した顔で唸っている。

やがて、長谷部が腰を突き出した。口内射精したのだ。

友香里がとっさに肉棹を吐き出した。直後に、白濁液がしぶいて顔面を打った。そのすぐ後に、島岡が続いた。

柔らかくカールした髪や涼しげな美貌に、白いぬらつく液体をしこたまかけられて、友香里は戸惑うどころか、うっとりとした恍惚の表情を浮かべているのだ。

「気持ち良さそうな顔、してるな、うン？　最高だろ。臭いやつをかけられて、落ちていく感じが、たまんないんだよな」

宇川は顔に付着した粘液を指ですくいとって、舐めさせた。

友香里は細い眉を折り曲げながらも、白濁液を舐めとり、さらには指を第二関節まで咥えて、フェラチオするみたいに舌をからませてくる。

「うふッ、うふッ……ああン……ジュルル」

「まだ物足りないか？　こっちへ来な」

ふらふらの友香里を、床にしゃがませた。

ニットのトップスに手をかけて、首のほうから抜き取る。

「いやッ……」

　まろびでたシルバーグレイの刺しゅう付きブラジャーを、友香里が恥ずかしそうに隠した。

「同じモデルでも、ヌードモデルはしたことないんだろ？　人生経験だぜ。ヌードもやってみなよ」

　宇川は背中に手をまわしてホックを外すと、ブラジャーを抜き取った。

　想像以上にデカくて格好のいい乳房がまろびでた。

　上の直線的な斜面を、下側のたわわに張りつめた丘陵が押し上げている。バランスのいい大きさの乳首が上を向いて、野性的な乳房であった。

「これが、友香里のオッパイか……なかなかイケるねェ。落ち目になったら、ヌードモデルでもするんだな」

　言うと、友香里が恨めしそうに見上げてくる。女の感情を宿した表情にそそられながら、命じた。

「パイズリしろよ。わかるよな、パイズリ？」

　髪をつかんで、間近でせまる。

「はい……」

「なら、話が早い。やれよ」

座席に座った宇川は、大股開きする。淫水焼けした上反りの太棹が臍を向いていきりたっているのに目をやって、友香里が込み上げてくるものを抑えきれないといったふうに、胸を押しつけてきた。少なく見積もってもDカップはあるだろう。格好良く実った双乳で勃起を左右から包みこんだ。

加減を見ながら、両側から腕で乳房を押して、真ん中の硬直にまとわりつかせる。柔らかく湿った乳肌が分身に密着してくる。

最初はただ両側から押しつけるだけだったが、やがて要領をつかんだのか、左右の乳房を交互に上下動させて、マッサージしてくる。

ブルン、ブルンと揺れるたわわな肉に擦られる快感に、宇川も唸っていた。

「ようし、上手いぞ。友香里、上手だ」

褒めると、友香里はやる気が出てきたのか、ますます強く乳房を真ん中に集める。可憐な乳首と乳首がぶつかり、それが快感なのか、

「ああン……ううン、ああ……恥ずかしいわ。恥ずかしい……ああンンン……これ、恥ずかしくて、素敵」

色っぽい声をあげて、ますます胸を擦りつけてくる。

「しゃぶってくれないか。パイズリしながら、先っぽを咥えてくれ」

命じると、友香里は首を深く折った。少し姿勢を低くして、双乳の間から肉棹を突き出させて舐めた。おもむろに頬張り、顔を打ち振った。

「うふッ、うふッ……あぁンン、これ……」

顔を上げて、宇川を艶めかしい目で見た。

「どうした？　恥ずかしくて、マゾのお前には最高のプレゼントだろ？　返事は？」

「はい……最高のプレゼントです」

「よし、しゃぶれ」

友香里はふたたび首を折って、亀頭を犬のように舐める。

さらには亀頭冠まで咥えて、「うふッ、うふッ」と色っぽい声を洩らしながら、一心不乱にしごいてくる。

それを見ていた島岡が、後ろにまわって、スカートのなかに手を入れた。

スカートに包まれた腰がジリッ、ジリッと揺れて、

「うン、うン、うン……ああ、やッ……」

「しゃぶれよ」

ふたたび頬張りにかかる友香里を、

「パイズリはどうした？　咥えるだけじゃ、駄目なんだぞ」

叱責すると、友香里は左右の乳房を交互に揺らして、懸命に顔を打ち振る。それで

も、恥肉を悪戯されると我慢できないのか、顔を上げて、

「ああ、ああァァ……ごめんなさい。できない……」

悩ましく訴えてくる。

「しょうがない女だな。そんなに欲しいなら、くれてやるよ」

4

窓のほうを向かせ、腰を後ろに引き寄せておいて、ウルトラミニをめくりあげた。

さすがに手入れがいい。引き締まってはいるが、充分に女の豊かさをたたえたすべすべの尻が、眩《まばゆ》いばかりの光沢を放っている。

尻を叩き、左右の尻たぶをむんずとつかんだ。

「ううッ！……痛い……」

顔を跳ねあげる友香里。すぐに、やさしく撫でまわしてやる。痛みを愛撫を繰り返しているうちに、色白の尻がところどころピンクに染まり、微熱を帯びてくる。

「熱いわ。お尻が熱い……どうにかして……ください。欲しいの」

友香里が焦れはじめたのを見て、宇川は怒張を叩き込む。左右から腰のくびれをつかんで、突き入れると、

「う、ああァァ！　……ああァァ」

友香里は顔を跳ねあげて、双臀を震わせる。

（これが、あの唐沢友香里のオマ×コか！　具合がいいぞ！　とうとう俺は、カリスマモデルのオマ×コを奪った）

内部は煮詰めたトマトのように滾り、粘膜に覆われた肉襞が吸いつくように強烈に分身を締めつけてくる。

「まだ締めつけが足らない。ほら、締めろよ。このユルマンが！」

裏腹のことを言っていたぶった。双臀が引き締まって、それにつれて内部が強く分身を包み込んでくる。

「ようし、それを続けてろよ」

重いストレートを連続して叩き込んだ。

「あン！　……あン！　……あン！　……あぁァァァ」

そのたびに友香里は顔をのけぞらせて、尻肉をブルブル震わせる。

「電車のなかだっていうのに、いい声、出しやがって」

ぱんぱんぱんと破裂音をたてて、怒張を突き刺した。

その時、電車のスピードが落ちた。最初の停車駅で、電車が停まった。窓からホームの様子がわかる。

「あッ……いやッ！　……外して。お願い、見えちゃう！」

友香里が怯えて、腰を逃がそうとする。

「このままだ。みなさんにお見せするんだ」

車窓から、プラットホームで待っている乗客がちらほら見える。

このグリーン車の位置で待っている者はいないようだ。それでも、ホームを母親に手を引かれて歩いていた子供が、こちらを指さして何か叫んでいる。

若い母親がこちらを見て、事態を察したのだろう。口に手をあててオーバーに驚き、子供の目を手で隠した。

「見えるだろ、友香里。ガキがお前に気づいたみたいだ」

「ああ、だから……ねえ、カーテンを引いて。お願い」

「駄目だ。このままだ」

宇川はかまわず怒張を叩きこんだ。停車中の電車のなかで、堂々と女を犯す。最高の気分である。

「うッ、うッ、うッ」と必死に声を押し殺す友香里。

宇川は友香里の上半身を起こして、後ろからの立ちマンの体位にとった。

「いやァァ……！　見えちゃってる」

友香里がさかんに首を左右に振る。

宇川は、オッパイを車窓に押しつける格好で、後ろから突いた。

おそらく、外からはガラスにひしゃげた形で密着した、白い水母《くらげ》のような乳房が見えていることだろう。

凍りついたように立ち止まっていた若い母親が、車中で犯される女を唖然とした顔で見ている。

発車のベルが鳴り響き、特急が動きはじめた。

最初はゆっくりと進んでいく。走り出した電車を見ていたホームの客が、一瞬、ギョッとしたようにこちらを見るのが痛快だ。

ホームを離れた特急は快調にスピードを上げた。

幸いに、グリーン車に乗り込んでくる新たな客はいないようだった。

「あんたもついてないよな。ふふっ、もっと面白いことをしようぜ」

宇川は思いついて、後ろからはめたまま友香里を移動させた。通路に這わせた。

「ああ、どうするの？　人が来るわ」

通路に手足を伸ばした格好で這った友香里が、不安げな声を出した。

「ここから、あそこまで行って、また戻ってこようぜ」

宇川は車両の一番前を指して言った。

「できない……そんなこと無理よ。許して、お願い」

友香里が哀訴の目を向けてくる。目尻が妖しく切れ上がった瞳が潤みきっている。

「お前はその作り笑顔で多くの女性をだまし、男どもをたぶらかしている。天罰だな、これは……。這うんだ。犯されたまま、這うんだ」

後ろから打ち込みながら、友香里を押していく。

「ああン！　……できない……」

弱音を吐く友香里をどやしつけ、手押し車の要領で押した。

友香里はよろよろしながら、通路を這う。

両手両足を伸ばして、前へ前へと必死に進んでいく。

サンダル型のヒールをはいているので、不安定である。時々、足首を捻挫《ねんざ》しそうになりながらも、友香里は歯を食いしばって這っていく。

「いい格好だ。とても、カリスマには見えない」

「みっともないよ。無様だよ」

島岡と長谷部がはやしたてる。

森永は何かに憑かれたような顔で、自分のタレントを眺めている。

車両の端まで行って、そこで方向転換して戻ってくる。ほっそりした手足がよろよろして、途中で宇川が突くと、「うああッ！」と顔をのけぞらせて、へたりこみそうになる。

ふらふらになって完全に自分を失った友香里をシートに座らせて、宇川は森永をけしかけた。

「森永さん、そろそろあんたも、やりなよ」

「そ、そうですね」

森永が額に噴き出した汗を拭った。

「私は、その……友香里に上になって欲しいんです。私の上で友香里がいやらしく腰を振る。それが、私の願望なんです」

「いいよ。わかった」

森永がひじ掛けを枕がわりに、座席に仰向けになった。

「聞いてたよな。友香里、またがりな」

命じると、友香里は下腹部をおずおずとまたいだ。

「お前は、クビよ。わかってるわね」

そそりたつ肉棹をぐらぐら揺らして、友香里は森永を見おろした。

「かまいません。私は友香里さんとできれば、思い残すことはありません」

「このヘンタイ！　お前のような男はこうしてやる」

友香里が硬直を導いて、腰を沈めた。野太い肉棹がズブッと体内に姿を消した。

「あぁァ！　……うぅッ……ああ、大きい……」

またがった姿勢で、友香里は動くこともできずに唇を嚙みしめている。

「動いてください、友香里さん」

「わかってるわよ……性格はやわなのに、ここだけは大きいのね。こんな役立たずなチンチンは、こうして……ああ、ううンン……ああ、ああ、いい……」

友香里は腰から下を柔軟に前後にすべらせながら、顔をのけぞらせる。両手を森永の胸につき、恥丘を擦りつけて華やいだ声を放った。

「ああ、ああ……ああンン、森永、イッちゃう、友香里、イッちゃう」

「いいですよ。イッてください」

友香里の腰が激しく動いた。

上体を垂直に立て、腰を前後に移動させ、さらには大きくグラインドさせる。

涼しげな美貌のサイドに散った巻毛がかろやかに躍り、さらされた乳房が妖しい光沢を放って揺れ動いた。

あのカリスマモデルがマネージャーの上で女の本能丸出しで、いやらしくケツを振っている。

(ビデオを持ってくれば良かった。売れるAVが撮れたはずだ。裏で流せば、何万本も売れたんじゃないか。待てよ、写真でも売れるかもな)

宇川は島岡からデジタル・カメラを借りて、狙いをつけた。

ファインダーに映る友香里の姿は、途轍《とてつ》もなくエロい。野性的な乳房が豪快に揺れているのを、シャッターを切って画像のなかに封じ込める。

「あン、あン、あン……ああ、イク……動いて、森永、突いて！」

「そうら、そらそら……友香里さん、イッていいですよ」

森永が下腹部をせりだすと、身体をバウンドさせながら、友香里は一気に昇りつめた。

「ああ、あぁァァ！　はうッ……！」

激しく顔をのけぞらせて、その姿勢でガクン、ガクンと身体を震わせた。それから、精根尽きたように前に突っ伏していくのだった。

第六章　女性弁護士は少年好き

1

夕方のラッシュアワー時、岩窪拓海は島岡とともに地下鉄のホームに立っていた。

「あいつだ。あの背の高い女」

島岡が示した方角には、長身の女が立っていた。

電車待ちで並んでいる乗客のなかでも、頭ひとつ抜けているのでとにかく目立つ。

スーツを颯爽と着こなし、ウエーブヘアを肩に散らした、とり澄ました美人だ。

芦田真央《あしだまお》と言って、三十五歳の弁護士だという。

島岡が痴漢の冤罪で窮地に立った時、この評判の女性弁護士に弁護を依頼したことがあった。しかし、「私は基本的に女性の味方だから」と、依頼を断ってきたらしい。

彼女が弁護に立ってくれたら、無罪を勝ち取った可能性は高かったという。

「女性の味方というイメージに固執した彼女が許せない。二人であの高慢な女をやっつけてやろうぜ」

そう熱くせまられると、拓海は断れなかった。

島岡には、この前の風間奈緒の件でお世話になっている。何度も一緒に食事をしているし、この前は年齢をいつわってキャバクラにも連れていってもらった。モテたのはこっちのほうで、「失敗したな」と苦笑していたけれど……。

地下鉄がホームに入ってきて、芦田真央が車両に乗り込んだ。うながされて、拓海もすぐ後からついていく。

車両のほぼ中央で足を止めた真央の背後に、ぴたりと張りついた。

島岡は少し離れたところにいる。もしも、痴漢に失敗して拓海がヤバいことになった時は、たすけに入ることになっていた。もっとも、その確率は少ない。なぜなら、真央は年下の男がタイプで、調査によれば、真央のボーイフレンドはこれまでもほとんどが年下の男だという。

地下鉄が動きだすと、拓海はまずは慎重に手の甲をヒップに押しあてた。

百七十以上の長身でヒールをはいているので、痴漢するにはちょうどいい。

身を屈ませなくても、手はお尻のやや下のほうに届く。

真央は文庫本を手に、ページに視線を落としたままだ。今時、車内で本を読むなんて珍しい。反応がないので、今度は手の向きを変えて、手のひらでやんわりとヒップの曲線を包みこんだ。

尻がこわばって、左手が後ろにまわった。

拓海の手を振り払うと、何事もなかったかのように文庫本に視線を落とした。いつもなら、ここで諦める。しかし、島岡が見ている。情けないところは見せられない。もう一度、尻を手のひらで包みこんだ。

高い鼻と同時にツンと吊りあがった高慢な尻は、緊張感のためか硬く感じられる。動いているのかどうか微妙な感じで、少しずつ指に力を込める。真央は拒まない。調子に乗って、強めに尻肉を揉んだ。次の瞬間、真央が振り返った。

(私に痴漢しようなんて、いったいどんな男なの？)

険しい眼差しが、そう語っている。

目尻が切れ上がった、いかにも切れ者という感じでだ。鳶色《とびいろ》の瞳が、拓海を品定めでもするように上下に動く。

駄目だ！　……たすけを求めようとした。

だが、次の瞬間、厳しい視線が揺らいだ。そして、微笑んだのだ。ふっと口許をゆるませて、笑ったように見えた。何も言わずに、真央は正面に向き直った。

(どういうことだ？　なんで笑ったんだ？)

訳のわからないまま少し間を置いて、ふたたび尻を触ってみた。

今度は拒まない。

(ということは、僕は品定めに合格したっていうことか)

大胆に触ってみた。格好良く吊りあがった尻を、タイトスカートの上から丸く撫でさすってやる。真ん中の切れ込みあたりに指を沈ませると、尻たぶが収縮する。

谷間からそのまま指をおろしていき、スカート越しに股間に指を這わせる。

ぴっちりしたスカートが邪魔になって、完全には届かない。むしろ、尻の孔に触れている感じだ。

しばらく続けると、真央がお尻を後ろに突き出すようにした。

(ウン？　もっと触って欲しいっていう意思表示か？)

拓海は膝上のスカートの裾をたくしあげ、ちょっと身を屈めるようにしてスカートの奥に手を差し込んだ。

パンティストッキングでがっちりとガードされた尻から股間にかけてを、狭間に沿って撫でおろし、撫であげる。

すると、腰がまるでもっと強くとでもいうように、くねりはじめた。

「うふッ……あッ……うーン、うン、うン」

拓海にしか聞こえない程度に低く呻き、いやらしく尻を左右に振ったり、前後に動かしたりする。

(やっぱり、島岡さんの言ってたとおりだ。この人は、年下に弱いんだ。最初からビ

ビる必要なんてなかったんだ）

拓海は調子に乗って、斜め前からも手をしのびこませる。

左手でスカートをたくしあげ、前から大胆に太腿を割った。

太腿の合わさる谷間で、前からの手と後ろからの手が触れる。

役割分担し、前からの指はクリトリスを中心に、後ろからの指は尻の孔から柔肉にかけてを、さすりあげた。真央はスーツに包まれたボディをくねらせていたが、やがて、後ろを向いて囁いた。

「大胆な子ね……こんなことして、つかまるわよ」

「かまいませんよ。あなたのような美人なら、僕はつかまってもかまわない」

拓海も真央にしか聞こえないように小声で答える。

「あなた、まだ未成年ね」

「さあ、どうでしょう」

ぴちぴちズボンのもっこりを、片方の尻に押しつけた。勃起が尻肉を突く。

その時、真央の片手が伸びた。後ろ手に勃起を撫でさすってくる。ズボン越しに肉棹の太さや硬さを確かめでもするように、やわやわと揉んでくる。

「どうですか？」

「元気ね」

「そうでしょ。あなたを見た瞬間から、こんなになってる」

耳元で甘く囁きながら、左右の指を活発に働かせた。

湿りけを帯びてきたパンティストッキング越しに、柔肉の上方、つまりわずかな突起物が感じられるクリトリスを、さらにはもう片方の指では柔らかく沈み込む恥肉からアヌスにかけてを何回も往復させる。

「きみ、常習犯ね。答えなさい」

「だとしたら？　僕をつかまえますか？」

「ふふっ、そのうちね」

真央は顔を上げたり下げたりして、湧きあがる愉悦をあらわしながら、左手でズボンの膨らみをさすっている。

(女はみんな、僕のチンチンを触りたがる。このチンチンに、濡れマンをいやというほどはめて欲しいんだ)

拓海は耳元で誘ってみた。

「前を開けて、じかに触ってください」

「ふふっ、自信満々ね」

真央の指がジッパーにかかった。ジッパーをおろして、ブリーフのクロッチから勃起をまさぐりだした。さらされた太いやつを、おそるおそる触っていたが、やがて握ってきた。

後ろ手に親指を下にして太棹をつかみ、包皮を亀頭冠にぶつけるようにしてしごいてくる。窮屈な体勢なのに、けっこう上手い。時には先っぽを手のひらで覆うようにして亀頭冠に指をからませたり、反対に下に移動させて、根元から睾丸にかけてもてあそんだりする。

マニキュアが光る細くて強靭な指が、緩急をつけて肉棹を擦りあげてくる。湧き起こる甘い陶酔感に呻きながら、クリトリスの膨らみをいやというほど擦ってやった。

右手では尻の孔を突いたり、ほじくったりする。さらには、柔らかく沈み込む肉地に指を立てて、かるくピストン運動させると、

「ううッ……ううン……あぁァァんん」

真央は抑えきれない喘ぎをこぼし、くねくねと卑猥に腰を振りつつも、勃起を猛烈にしごいてくる。耐えられなくなった。

満員電車のなかで、真央の身体をコマのようにまわして、前を向かせる。

拓海の顔をまともに見る格好になって、真央は薄く微笑んだ。それから、陶酔したように目をつむった。

（こうして見ると、けっこうきれいだな）

拓海は右手で真央の左足をつかんで、腰のあたりまで持ち上げた。

「いやッ……」

バランスを失いかけて、真央がしがみついてくる。

スカートがずりあがり、黒の極薄のパンティストッキングに包まれた長い太腿が露出した。拓海は鋭角に持ち上がった勃起を股間にあてて、セックスする時のように突き上げてやる。

パンティストッキング越しではある。それでも、先っぽが柔肉に沈み込み、ほんとうにセックスしているような気になった。

周囲の客は明らかに異変に気づいたようだ。だが、女がいやがっていないのだから、敢えて注意することもないと思っているのだろう。

真央はいやがるどころか、切なそうに腰を揺らめかしている。ならばと、拓海はさらに過激な行動に出た。

パンティストッキングの股間にあたる部分を引っ張りあげて、持っていた円形カッターで切れ目をつけた。切れ目に指を突っ込んで開くと、ナイロンが裂ける音とともに、パンティストッキングが破れる。

開口部から、脂肪をたたえた腹部とパンティのすべすべした感触がじかに伝わってくる。さらに、パンティの生地を持ち上げ、カッターで切断した。

護《まも》るものがなくなった恥肉に指を伸ばすと、濡れた肉びらが指にまとわりついてくる。いやらしいくらいにヌルヌルだ。

(地下鉄のなかだぞ。本番しても大丈夫なのか?)

本来ならヤバい。だが、今回は島岡がいる。いざとなったら救いの手を差し伸べてくれるだろう。

(ええい、やっちゃえ!)

拓海はふたたび片足を持ち上げて、切っ先で股間をさぐった。

ぬらつく肉のわれめを、分身がググッと押した。何かがほつれるような感触とともに、肉棹が潜り込んだ。

「ううッ! ……はあァァァァ」

真央が上体をのけぞらせた。

手を肩に置いて、上半身を後ろに反らし、ルージュのぬめる唇を震わせている。

(ううッ、ついにやった。電車のなかで、オマ×コしたんだ!)

昂奮で頭のなかが沸騰した。

温かいマ×コが、猛々しくいきりたつ分身をいやというほど締めつけてくる。

車内は冷房が効き過ぎているのに、女の腹のなかは滾るほどに潤い、その落差が刺激的だ。周囲の客がびっくりしたように、二人を見ている。

遠巻きに見守っていた島岡と、目が合った。驚いたような顔をしている。

その時、地下鉄がスピードを落として、駅に停まった。

2

地下鉄のドアが開く、真央はふらふらしながら電車を降りた。

改札を出て、地上に上がった。

車中でオマ×コされたことに動揺しているのか、後をつけられていることにも気づかない様子だ。距離を置いて後を追う拓海の、すぐ横に島岡が並んだ。

「やるねえ」

「僕も驚いてます。これから、どうしますか？」

「彼女、お前にまいってるよ。たぶん、マンションに戻るつもりだ。上がらせてもらって、いやというほどオマ×コしろ」

「わかりました。島岡さんは？」

「俺の出番は、もっと後だ……頼むぞ」

そう言って、島岡は離れた。

真央が高層マンションの前まで来て、入口で暗証番号を叩いている。

透明ドアが開くのを待って、拓海も一緒にエントランス・ホールに入った。

「ちょっと、あなた！」

拓海を見た真央の表情が、変わった。

「さっきは、どうも……ついてきちゃいました」

「ついてきたって……どういうつもりなの？」

「僕をあなたのペットにしていただけませんか？　大丈夫。僕はあなたの従順なペットですから」

拓海はへりくだって言う。こういうプライドの高い女には下手に出るほうがいい。

真央は、拓海は上から下まで眺めていたが、やがて、

「素敵なペットになりそうだわね。いいわ。ただし、秘密は守ってよ、いいわね」

「もちろんです。口は堅いですから」

「いいわ。いらっしゃい」

エントランス・ホールのエレベーターに乗った。肩を抱き、胸に手を伸ばすと、

「調子に乗らないで！」

真央がはねつけてきた。

十二階でエレベーターを降りると、廊下を歩き、一二〇三号室に入る。

二ＬＤＫのやたらリビングが広い間取りだった。広々としたリビングには絨毯《じゅうたん》が敷かれ、高級そうな総革張りのソファがでんと置いてある。

壁際の本棚には、難しそうな法律関係の分厚い本が、背表紙を見せて並んでいた。

そして、一面フィックスのガラス窓からは、都心の夜景が一望できた。

「すごい部屋ですね。夜景がこんなによく見える」

「そうね。だから、ここにしたのよ」

真央がすぐ横に肩を並べてくる。

「あの、失礼ですが、ご職業は？」

知っていて、聞いてみる。

「何だっていいじゃない。知る必要ないわ」

「じゃあ、お名前を教えていただけますか？」

「それも、教えられないな」

「じゃあ、何て呼べばいいですか？」

「かってに呼べば」

「じゃあ、僕の元カノの名前でいいですか？」

「いいわよ」

「じゃあ、真央さんだ」

真央の名前を出すと、エッという顔になった。

「元カノ、真央って言うんです」

「……あ、そう」

「僕のことは、拓海って呼んでください」

「わかったわ……シャワー浴びたいんだけど。部屋のものには触らないでよ。泥棒したりしたら、承知しないわよ」

拓海が頷くと、真央はバスルームへと姿を消した。

拓海は少し待ってから、バスルームに向かう。脱衣所で籐の籠に丁寧に置かれたブラウスやスカートを見ながら、自分も服を脱いで、ドアを開けた。

シャワーキャップをつけて、全身にシャワーを浴びていた真央が、びっくりしたようにこちらを振り返った。

「来ちゃいました」

「困った子ね。言いつけを守らないと、ペットにはできないわよ」

真央がシャワーを止めて、言った。

スッピンだった。だが、もともと造りがいいのだろう。彫りの深い美貌は変わらず、むしろ化粧がないぶん、やさしげに見えて愛情が湧いた。

「すいません。真央さんの生まれたままの姿を見たかったんです。気分を害したのなら、謝ります」

「いいわよ。どうせ、きみもシャワーを浴びるんだから」

「きみじゃなくて、拓海です」

「……拓海も早く浴びなさい」

真央がノズルを渡して出ようとするのを、引き止めた。裸身を後ろから抱きしめて、耳元で囁いた。

「きれいな身体です。色白で、オッパイも大きいし、ウエストは引き締まっているし……僕の理想の身体だ」

「ふふっ、お世辞でしょ」

「違いますよ。あなたのような人のペットになりたかった」

背後から手を伸ばして、乳房を柔らかく包みこんだ。やわやわと揉みながら、トップの蕾《つぼみ》をこねると、

「きみ、上手いわ。上手すぎる……いくつなの？」

「十七です」

「じゃあ、高校生？　信じられないわね」

「そうですか……今の高校生、このくらいやるやつは一杯いますよ」

「……きみ、痴漢の常習犯？」

「そう見えます？」

「そう見えたわ。きみのようないい男なら、痴漢なんてしなくても、普通に女の子とつきあえるはずだけど」

「痴漢しながら、ペットにしてくれる女の人をさがしてたんです。ようやく、めぐり合えた」

「信じられないな。さっきは、違う種類の男に思えたけど」

「そうですか？」

言いながら、乳房を揉みつづける。さらに片手を下腹部におろして、恥毛の流れこむあたりをさすると、

「ああンン……駄目よ……また、したくなっちゃう」

真央が艶めかしい声をあげて、身体を預けてくる。

「ここに座ってください」

拓海はバスタブの縁に、真央を腰かけさせた。足をひろげさせて、長い足を下から舐めあげていく。繊細な足指から、よく締まった足首へ。さらに、流線型に膨らんだふくら脛から膝へと。

「いい気持ちだわ。女王様になった気分」

微笑む真央を見上げながら、太腿へと舌を走らせる。白く魅惑的な太腿の内側から、漆黒の翳りが水滴をしたたらせる部分へと唇を押しつけた。

わずかに開いた肉びらの狭間を、上方で莢《さや》から顔を出した肉芽を丹念に舌で愛撫する。手を伸ばして乳房を揉みながら、薄いピンクのぬめる肉庭を舌でなぞりあげると、

真央の気配が変わった。

「ううン、ああンン……あぁッ……」

艶めかしく喘いで、顔をのけぞらせる。

さらに、舌を潜りこませようとすると、真央が立ち上がった。

「そこに、寝て」

バスマットに、拓海は仰向けに体を横たえた。

「きみのここは元気が良すぎるわ。こういう不良は懲らしめないとね」

立ったまま、勃起を踏みつけてくる。腹につかんばかりの肉棹を、その裏側に足を乗せて、体重をかけてくる。

「ううッ、痛いです」

「痛いから、いいんじゃないの。踏みつぶすわよ」

ググッと体重をかけられて、

「かんべんしてください。つかいものにならなくなります」

訴えると、真央が足を外して、しゃがみこんだ。

踏まれてますます硬くなった肉柱に指を添えて、グラグラ揺さぶる。

さらには、ボディソープを泡立てたものを、勃起に塗りたくるようにして、猛り立つイチモツをしごく。

「気持ちいい？」

「はい、気持ちいいです」

「きみの、標準サイズよりも大きいわね。両親に感謝しなくちゃね。こんな立派なものをいただいて」

真央が指パッチンで、勃起を弾いた。

シャワーをかけてソープを洗い落とすと、おもむろにまたがってきた。

勃起の位置を調節して、先を媚肉に擦りつけた。

二度、三度とかるく腰を揺すってから、ゆっくりと腰を沈み込ませる。

肉茎が姿を消すのと同時に指を離して、胸に手をついた。

「うああッ……！　楔《くさび》を打ち込まれたみたいよ」

上体を前に突っ伏すようにして、腰から下をすべらせては、「あああァァ」と喜悦の声を洩らす。

さらには身体に垂直に立てて、前より派手に腰を振り、前後だけではなく回転運動も交えて、情感たっぷりにグラインドさせる。

「いいですか、真央さん」

「いいわよ……太いのに割られてるわ。長いのが子宮口を突いてくる……悔しいけど、拓海のチンチンは一級品よ。ああ、動いて……突いて……早く、早く……」

拓海はほくそ笑みながら、下腹部をせりあげた。

「ああン……いい……あたるわ。先があたる……もっとよ、もっと……イカせて。ねえ、ねえ……ああ、ああンンン……」

真央がおよそ弁護士らしからぬ声をあげて腰を振るのを見て、拓海の抑えていた欲望が迸りでた。

「立ちますよ。つかまっていてください」

バスタブを利用して、繋がったままヨイショとばかりに起き上がる。

落ちそうになった真央の尻を下から支え、バスルームも出た。

「いや、怖い……落ちる……」

真央は必死に首につかまり、足で胴体を締めつけている。

水滴をぽとぽと垂らしながら、絨毯の上を練り歩き、フィックスの窓のところまでやってきて、真央をおろした。

身体の向きを変えさせ、外を向く形で、バックからはめた。

大きなガラス窓に乳房を押しつけさせ、片手を後ろにねじって引っ張りながら、打ち込んでいく。

「あン、あン、あン……ああ、やッ……見えてる。外から、オッパイが見えてる」

「だから、いいんでしょ。真央さんは恥ずかしいのが好きなんだ。女はみんなそうだ。

見られてるって意識が、オマ×コを熱くさせるんだ」

拓海は片手を引き寄せながら、深いストレートを打ちこんでいく。

「このオッパイ、外から見たら、どんなふうに見えるのかな？　見てみたいな」

「言わないで……ああン、そこ！」

高層マンションからは、宝石箱をぶちまけたような都心の夜景が一望できた。

(僕も将来はこの不夜城で働くんだろうか？)

そんな感慨にとらわれながら、拓海は腰をつかう。

「ああ、ああ……イッちゃう……」

今にも昇りつめそうな真央を、寝室のベッドまで連れていった。

シーツに四つん這いにさせて、腰を高く持ち上げさせる。絶頂寸前で挿入を中断された真央は、

「ああン、ちょうだい……ちょうだい」

腰を揺らめかせて、誘う。

拓海はおびただしい淫蜜をすくいとって、上方の窄みになすりつけた。セピア色の皺の凝集が、ヒクヒクと収縮する。

「ああン、そこ、違うわ」

「違いませんね。真央さん、ここ、感じるでしょう。さっき電車のなかで、わかりま

したよ。この人はお尻の孔が弱いんだなって……楽にしていてください」

言い聞かせて、拓海は淫蜜まみれの硬直を窄みに押しあてた。

「いやよ、いや、いや、いや……そこはいやよ！」

逃げようとする腰をつかまえて、拓海は頭部を窄みにあてた。かるくねじるようにしながら、体重を切っ先にかける。

アナルセックスは経験があった。同級生の女の子だった。最初は痛がったが、最後にはよがりくるっていた。尻の穴も立派な性器だということをそのときに知った。

力を込めると、入口が何かがほぐれるような感触を残して、硬直がズルズルッとはまりこんでいく。

「うッ、あああァ！　……切れちゃう……」

「大丈夫です。切れてませんよ。そうら、なかまで入った」

根元まで押し入って、そこで動きを止めた。強烈な締めつけが、襲ってくる。

覆いかぶさるようにして、下を向いた乳房を愛撫する。トップのこりこりした蕾を転がすと、真央が「ううッ」と顔をのけぞらせた。

乳房で性感を高めながら、ゆっくりと抽送する。入口の狭い筋肉がゴム輪のように締めつけるのを感じながら、慎重に腰をつかう。

さらには、前から手をまわして、媚肉をいじってやる。洪水状態の潤みをかきわけて、敏感な突起をこねまわすうちに、真央の気配が変わった。

「ああ、ううン、そこ……感じる……」

「お尻のほうも良くなりますよ」

拓海は腰をグラインドさせて、括約筋をひろげていく。

そうしながら、肉芽の包皮を剝いて、愛蜜を塗りこめるように刺激した。

「ああァァ」と喘ぎながら、真央が高まっていくのがわかった。

「お尻も感じてきたでしょう」

「熱くなってきた。ジンジン痺れてる」

「じゃあ、少しずつ強くしていきますから」

拓海は徐々に打ち込みのピッチを上げていく。

「ああ、ジンジンしてる……熱い！　どうにかして！　狂っちゃう」

「それが、アナルの快感なんですよ。そうら、もっと気持ちよくなる。身体全体にひろがっていく……」

拓海は半分暗示にかけながら、後ろの孔を攪拌する。

「響いてくる……ペニスが頭の天辺まで届いてる。酔ったみたい……ああ、ああァァ……気持ちいい！」

どうやら、真央は完全にお尻の快感に目覚めたようだ。ならばと、拓海はクリトリスの愛撫をやめて、アナルファックに専念した。

上半身をのけぞらせるようにして、勃起を突き出していく。

「うン、うン、うン……ああ、来るわ……来る……怖いわ……たすけて！」

「そうら、出しますよ。内臓に、熱いのを出しますよ」

続けざまに打ち込むと、

「ああ、ああァ……来て……今よ……来て……ああァァァ、はうッ！」

拓海が射精するのと同時に、真央が総身を躍りあがらせた。

痙攣する括約筋が噴出をつづける肉茎を、これでもかと締めつけてくる。

3

それ以降、拓海は真央から頻繁に呼び出された。この前などは、深夜に法律事務所に呼ばれ、真央が書類をパソコンで作っている間、机のなかに入って、ずっとあそこを舐めていた。

仕事を終えて、当然のごとく事務所のなかでメイク・ラブした。

窓に乳房を押しつけ、バックからアナルセックスで追い込むと、真央はこちらが心配になるほどの獣じみた声を放った。

ただ、言いなりになっていたわけではない。

島岡は電話局の職員を装って忍びこみ、事務所に盗聴器をこっそりと取り付けておいて、それを近くに停めた車で傍受して録音していた。

真央のマンションにも、同じように電話局の職員を装って忍びこみ、小型の盗撮用CCDカメラを寝室の絵画に設置した。

ビデオを見せてもらったのだが、そこには真央が拓海の腹の上で腰を振っている姿がはっきりと映っていた。

そして、いよいよ真央を地獄の底に叩き落とす日がやってきた。

その日の午後、拓海は真央とともに高層マンションを出た。

離婚訴訟の民事調停があるとかで、真央は家庭裁判所までタクシーで行く予定だった。

拓海は夏休みで学校は休みである。前夜を真央のマンションで過ごしていた。途中までタクシーに同乗することになっている。

マンションを出ると、個人タクシーが停まっていた。

二人はタクシーの後部座席に乗り込み、真央が行き先に裁判所の名前を告げた。

「承知いたしました」と慇懃《いんぎん》に答えた運転手と、拓海はルームミラー越しに視線を合わせて、微笑み合う。中年のタクシードライバーは、長谷部弘志であった。

島岡を介して連絡を取り、二人がマンションを出るのに合わせて、タクシーを横付けしておいてもらったのだ。

タクシーが走り出すと、拓海は打ち合わせどおりに真央の膝に手を伸ばした。

タイトミニから突き出た膝を撫で、さらには手を太腿の内側にねじこんだ。

「駄目よ、オイタは」

真央が耳元で囁く。

「昨日、あんなにしたでしょ」

「このきれいな足を見ると、たまらなくなっちゃう」

拓海は言葉を返して、内腿を愛撫する。

「もう、困った子ね」

そう言いながらも、長い太腿は少しずつ開いていく。

タイトなスカートが張りつめ、それ以上無理というところまでひろがった膝の奥へと、拓海は右手をすべりこませた。

スカートをずりあげて、パンティストッキングに包まれた股間まで指を届かせて、柔らかく撫でさする。

「あン……ううンン、駄目だったら……もう、困った子ね。うン、うふッ……」

真央は運転席をちらちら見ながらも、抑えきれない声をこぼす。このところの拓海との爛《ただ》れるようなセックスで、身体が言うことを利かなくなっているのだ。

真央のように理性に勝《まさ》ったキャリア・ウーマンでも、濃厚なセックスを続ければ、欲望の海に溺れてしまう。

「うふッ、うふッ、うふッ……あッ……駄目よ……あン、ああンン、そこ！」

パンティストッキング越しに指腹でクリトリスを刺激すると、真央は懸命に声を押し殺しながらも、顔をのけぞらせる。

拓海はズボンをおろして、真央の手を勃起に導いた。

ギンといきりたつ肉柱に、おずおずと指がからんでくる。

クリアカラーのマニキュアが光るほっそりと長い指が、小指を浮かせた形で肉棹をゆったりとしごいてくる。包皮を亀頭冠にぶつけるように擦られると、分身は汗ばんだ手のひらのなかでますます巨大化する。

喘ぐような息づかいをしていた真央が、いきなり股間に身体を預けてきた。

太棹を指で擦りながら、先端をキスしたり、舐めたりする。

亀頭冠を中心に頬張っていたが、顔を上げて、拓海を色っぽい瞳で見つめる。

邪魔にならないように髪をたくしあげ、ふたたび咥えて、ますます情熱的に擦りあげてくる。

ここがタクシーの車中であることも頭にはないのか、いやらしい唾音や吸引音をたてて、勃起をしゃぶり、吸い込み、舌鼓を打つ。

裏筋を舐めていた真央が顔を上げて、

「これ以上すると、したくなっちゃう」

「調停にさしつかえますか？」

「ふふっ、そういうこと」

「大丈夫。まだ時間はありますよ」

拓海は真央をシートに仰向けに倒すと、シルクのブラウスの胸ボタンに手をかけた。

「駄目ッ……！」

真央が運転席のほうに視線を投げた。だが、長谷部はまったくの無視を決め込んでいる。

「大丈夫ですよ」

拓海は上からひとつ、またひとつと外していき、ブラウスをはだけた。シルクベージュの高級ブラジャーが、形のいい双乳を包み、深い谷間を刻んでいる。

ブラジャーを外すと、ブルンと乳房がこぼれでた。

凛《りん》と張りつめた今が盛りのふくらみを、揉みながら、乳首にしゃぶりついた。

舌先であやし、転がし、乳暈《にゆううん》ごと吸い上げると、真央が切なそうに呻いた。

「ううン……ああ……ほんとにいけない子だわ」

「悪戯好きなペットですから」

乳房をいたぶりながら、片手でスカートをめくりあげて、股間に指を届かせる。真央はガーターベルトで太腿までのストッキングを吊っていた。その上から、ショーツをはいている。

パンティの上端から手を入れて、裏側をさぐった。

柔らかな翳りの奥に、驚くほど濡れた花肉が息づいていた。

「ううーン、ああ……ああァァ、やッ、声が出ちゃう……キスして」

要望に応えて、拓海はディープなキスで舌を吸い上げる。声があふれないようにしながら、真央は下腹をせりあげて、濡れた丘を押しつけてくる。

拓海はパンティを引きおろすと、足の間に腰を割り込ませ、勃起で裂唇をさぐる。

「駄目……それは駄目……」

真央が怯えた表情で、運転席を見た。

「かまいませんよ」

拓海は片足を持ち上げるようにして、怒張を潜りこませた。

言葉とは裏腹に濡れに濡れた媚肉は、雄々《おお》しい太棹を呑み込み、歓迎するかのようにからみついてきた。

「ううッ……ああァァ！」

打ち込まれた衝撃をあらわにして、あわてて指を噛んで声を封じ込める真央。

「ありえない。こんなこと、ありえない……あぁッ！……ううッ」

真央は恥ずかしい声を洩らし、手の甲を噛んだ。

それでも、深いストレートを叩き込むと、手でシートをつかんで顎を突き上げる。突くたびに、乳房が豆腐のように揺れる。

拓海は膣肉の緊縮力を感じながら、持ち上げた片足を腹につかんばかりに押さえ込み、若さに任せたストロークを浴びせかけた。

その時、長谷部が運転席から声をかけた。

「芦田真央さんでしょ。時々、テレビにも出てる、美人弁護士の」

運転手の口から名前を出されて、真央がギョッとしたように動きを止めた。

「知らなかったな。あの弁護士さんが、若いツバメにご執心とは……」

「ち、違うわ。私は違う。人違いです」

真央が正気に返って、顔を隠した。

「じゃあ、その襟に付いてる弁護士バッジは何ですかね」

「こ、これは……ちょっと、離して！」

真央が拓海を引き剝がそうとする。それを、拓海は上から押さえつけるようにして、打ち込みを再開した。

「やめて……拓海、やめなさい！　……やめて……あッ、あッ、あッ、ううッ」

「知らなかったな。あの弁護士さんがこんなにインランだったとはね……週刊誌にでも情報売るかな」

「ちょっと、それはやめて……あッ、ううンンン……駄目よ、拓海、やめなさい……駄目だったら」

拓海はシートの上で、真央の腰に両手をまわしこんで持ち上げるようにして、腰高位で絶倫を叩きこんでいく。

「いやァァ……いやァァ、ああ、あン、あン、あン！……見ないで。聞かないで……ああ、ああァァァ……はうン！……」

両手でシートを搔きむしるようにして、真央は絶頂に達した。

脱力してシートに背中を落とし、おさまらない息づかいで胸を喘がせる。

4

タクシーが停まった。男が後部座席に乗り込んでくる。島岡孝一であった。

島岡は、顔を隠す真央に声をかけた。

「俺だよ。島岡孝一だ。あんたに痴漢の弁護を断られた」

真央がおずおずと島岡を見た。その目がハッとしたように大きく見開かれる。

「思い出してくれたようだね。あの時は随分とお世話になった。お礼をしなくちゃと思ってね……なぁ、拓海」

声をかけると、拓海が微笑んだ。

「あなたたち、ぐるだったのね。ちょっと、離して！」

懸命に接合を解こうとする真央。だが、拓海にがっちりと抱え込まれていて、動けないのだ。

「長谷部さん、高速に乗ってくれないか」

「高速ですね。承知しました」

二人の会話を聞いた真央の顔がひきつった。

「あなたも、あなたも仲間なの？」

「そうですよ」

「信じられない……駄目よ。高速なんかに乗ったら……間に合わない。これから調停があるの」

真央が懸命に訴えてくる。

「離婚の調停なんだって……そんなもん、放っておけばいいさ」

「無茶言わないで。せめて、電話をかけさせて」

「駄目だ。あんたはこれから転落の一途をたどることになる」

そう言って、島岡は写真を取り出した。マンションのベッドで、拓海にまたがって腰を振っている真央の裸体と顔がはっきりと写っている。

「それに、こういう録音もある」

レコーダーのスイッチを入れると、法律事務所で拓海と交わした睦言《むつごと》や、恥ずかしくなるほどの淫らな喘ぎが車中に流れた。

真央の端整な美貌から血の気が失せ、唇が震えはじめた。

「こいつを週刊誌か、テレビに流そうかと思ってね」

「駄目よ……私が何をしたと言うの？　あの時は忙しかったのよ。よくあることじゃないの！」

「あなたは自分のことしか考えていなかった。弁護士失格だ」

「……苦労してここまで来たのよ。わかってちょうだい」

「考えないでもない。しかし、その代償が欲しい」

「わかったわ。何でもする……いくら払えばいいの」

「金の問題じゃない。プライドの問題だ」

タクシーは地方へと向かう高速道路に乗っていた。時速百キロで周囲の光景が後ろに飛んでいく。

「まずは、マッパになってもらおうか」

「いやよ」

「だったら、この録音データを週刊誌にでも流すかな」

「……卑劣だわ。やり方が汚いわよ」

「どうする？　やるか、やらないか」

島岡は二者択一をせまる。真央は悔しそうに唇を噛んでいたが、やがて、決心したのか、自ら服を脱ぎはじめた。

スーツ、ブラウスと脱いでいって、最後にブラジャーとパンティも外した。スレンダーな裸身には黒のガーターベルトで黒のストッキングを吊っている。それ以外に身につけているものはない。

「よし、それでいい」

車中で全裸になって震えている美人弁護士を見て、島岡はにんまりする。だが、この程度で許すわけにはいかなかった。

「拓海、こいつのケツを窓に押しつけてやろうぜ」

「いいですね。じゃあ、もう少しこっちに……」

二人は這わせた真央の尻を持ち上げて、後部座席の窓に押し込めた。

豊かな肉をたたえた美尻が、ガラスにいやというほど押しつけられて、ぴったりと密着する。

「外から、どう見えてるかな？　デカい尻がガラスに吸いついて、オマ×コがいやらしいアワビみたいに見えてるんじゃないか。食べごろの大振りアワビが、いやらしくぬめって窓にくっついている」

　言葉なぶりされて、真央は羞恥の色をあらわに訴える。

「いやよ、いや……何でもするから、もう、よして」

「駄目だ。そうら、ケツを振れ。ここにくださいって、ケツを振ってみなさんにお見せするんだ」

　叱咤した。真央は戸惑っていたが、やがて、くぐもった声を洩らしながら、卑猥に尻を揺すって、媚肉をウインドーに擦りつける。

「いい格好だ。みんな、びっくりしてこっちを見てるぞ」

　島岡が言うと、真央は「いや」と尻をウインドーから外した。

　尻が押しつけられた部分に曇りができ、恥肉が触れていた箇所には透明な淫蜜がべっとりと付着している。

「こんなに汚しやがって。後で舐めて、きれいにさせるからな」

　島岡は言いながら、拓海に目配せする。

　拓海が頷いて、リアシートに仰向けになった。上に真央をまたがせて、騎乗位の格好をとる。

「ほら、真央さん、自分で入れて」

真央はすでに理性が崩壊してしまったのか、うつろな視線を宙にさまよわせて、勃起を濡れ溝に導き入れた。

「ああ、ああ……いい……」

端整な美貌をのけぞらせて、胸のふくらみを突き出す。

年下の男にまたがって、あさましく腰を振る真央を見ているうちに、島岡はむかついた。

(このインバイが！　もっと懲らしめてやる！)

ズボンをおろして、肉棹を剝き出しにした。

真央の上半身を前に倒す。双臀の底を太棹が深々と割っているのを見ながら、ぺっ、ぺっと手のひらに唾をはきかけて、それをアヌスになすりつけた。

セピア色の小さな窄みが怯えたように、震え上がる。

「ああ、そこはいやよ」

双臀を引き締めて、真央が首をねじった。

「いやじゃないだろ？　拓海から聞いてるぞ。ここだ大好きだそうだな。知性を売り物にする美人弁護士がじつはアナルファックが大好きだとはね。女はわからんね」

皺の集まる窄みをかるく揉みほぐすだけで、裏門は何かを期待するように妖しくうごめく。

アナルファックの経験はあっても、前と後ろに同時に挿入されたことはないはずだ。島岡はぎりぎりまで尻を持ち上げておいて、勃起の切っ先で狙いをつける。窄みに押しつけて力を込めると、狭い肉扉を押しひしぐ窮屈な感覚がある。阻止感を突破して、さらに体重を切っ先に集めると、強い抵抗感を残して、分身が潜りこんでいった。

「ううッ、いやァァァァ！」

魂が揺さぶられるような絶叫が、車中に響いた。

「そうら、入ったぞ。ケツの孔にずっぽしと入った」

「ああ……裂ける……裂けちゃう……ううッ！」

二本の肉棹で前と後ろをくし刺しにされて、真央は悲痛な声をあげる。

「わかるぞ。壁一枚へだてて、拓海のチンチンが入ってるのがはっきりわかる」

腰を引き寄せながら下腹部を突き出すと、内部で二本の肉柱が擦れ合うのが感じられる。

「拓海、どうだ？」

「いいですね。締めつけが全然違います。それに、たしかに島岡さんのが動くのがわかります」

「なんか、妙な気分だな」

「そうですね。ホモってこんな気分なんですかね」

「おい、よしてくれよ」

二人は戯言《ざれごと》を交わしながら、息を合わせて交互に突いた。

拓海が舌からズンッと突き上げる。それを待って、島岡が後ろからねじこむ。

時には一緒に突いてやる。そのたびに、真央は悶絶して呻き、喘いだ。

「うッ……うッ……あぁァァァ、たすけて……壊れる。あそこが壊れる……ああ、あ
あ、ああ……」

膣肉とアヌスを同時に満たされて、真央は陶然とした表情を浮かべ、断続的な喘ぎを掠《かす》れさせる。

「一杯よ。お腹に一杯……どんどん膨れてる……へんよ。へん……おかしくなる。

……たすけて……死にそう……死んじゃう。真央を突き落として！」

「落としてやる。お前を地獄に突き落としてやる。そうら、ケツを破るぞ。腹膜を突き破って、汚いザーメンをまき散らしてやる」

島岡はガーターベルトの走る腰をつかんで、ダイナミックに突き刺した。

肛門括約筋が万力のように全身を締めつけてくる。下では、拓海もリズミカルに腰を突き上げている。

「ああ、ああ……ああ、ああァァァァ……落として。真央を落として……」

「落としてやる。そうら……」

島岡がたて続けにストレートを繰り出すと、

「あぁッ、あン、あン、あン……ああ、ああァァァ……はうッ！……」

すべすべの背中を弓なりに反らせて、真央が絶頂に駆け上がるのがわかった。

島岡も拓海もここぞとばかりに腰を躍動させて、しぶかせた。

前と後ろの孔に、おぞましい白濁液が飛び散り、汚していく。

島岡が駄目押しの一撃を叩きこむと、真央は前に突っ伏した。ポロリと抜けた拓海の肉棹から、残りの白濁液が鯨《くじら》の潮吹きのように噴出した。

「危ないとこだった。もう少しで、拓海のをかぶるところだった」

島岡は苦笑して、真央を見た。

肛姦に馴れたアヌスはゴルフボールの大きさでへこみ、それが見るまに回復して孔をふさぐ。

5

高速道路のサービス・エリアに、一台の個人タクシーが停まった。なかから出てきた女を見て、周囲の者は我が目を疑った。

長身のすらりとした体型が目を惹く。ウエーブヘアを肩に散らした美貌はきりりと引き締まって、固く結んだ口許は知性を感じさせる。

だが、あまりにも露出過多だった。上半身はほとんど裸で、わずかに革製のハーフブラがたわわに実った乳房を下から支えている。

そして、下半身も鋭角なVゾーンを持つTバック式の黒革のパンティが、豊かに張ったヒップの狭間に食いこんでいた。

すらりと長い足には、太腿までの黒いストッキングが張りつき、それを黒のガーターベルトが吊っている。

車中でこのコスチュームに着替えさせたのである。

「歩いて」

島岡と拓海は、真央を挟みつけるようにして、サービス・エリアの建物に向かう。すぐ後から、長谷部がついてくる。

「いやだわ。みんな、見てる……ううッ、歩けない……」

真央が唇を嚙んで、立ち止まった。革のパンツの裏では、二本のバイブが唸っていた。前にはピンクローターが、アヌスにはアナルバイブが挿入され、ビーン、ビーンと振動を伝えている。

「いいから、歩け。ブラを外してやろうか」

「ああ、それはやめて……」

真央は内股になって、よろよろと歩く。ハイヒールをはいているので、歩きにくそうだ。

周囲の好奇の視線を感じつつ、島岡は真央とともに建物のなかに入った。

客たちの視線がいっせいに集まる。

軽食売場で太いウインナーを買って、それを三人で食いながら、真央にも勧める。

真央がいやいやながらも先から頬張るのを、居合わせた客たちが興味津々で眺めている。

二箇所にバイブが入っているのだから、真央は何かを食べられる状態ではないはずだ。それを無理に頬張って、咀嚼《そしやく》したウインナーを飲み込んでいく。

尻たぶが丸見えの後ろ姿を、中年三人組がにやにやしながら鑑賞している。

若い女の子たちが肘でつつき合いながら、ヒソヒソ話をする。

「もう、いや……車に戻して、お願い」

恥辱感に唇を噛んだ真央が、哀願してくる。

「小便をしたくなった。あんたもつきあうんだ」

島岡は真央の腕をつかんで、公衆トイレに向かう。大理石でできた広々としたトイレである。

男性用トイレに真央を連れて入っていくと、男たちが唖然として美しい女王様のような女を見た。

うつむいて腰を引く真央を、さらにトイレの奥へと引っ張っていく。

「いや、何をするの？」

「こうするんだ」

三人がかりで革のコスチュームを剝ぎとった。ブラジャーを外し、パンツをおろす。

長身のカバーガール並の裸体があらわになり、トイレの客が目を輝かせた。

「いやァァ！　……」

悲鳴をあげる真央の口をふさぎながら、個室トイレのドアを開けて、なかに押し込んだ。片手に手錠をかけ、もう片方の手錠を洋式トイレのパイプに引っかけて鍵をかける。

「ちょっと、何よこれ！」

手を低い位置にあるパイプにつながれ、真央は身体をひねって島岡を見た。

「こいつは、この鍵がなければ開かないからな」

島岡は言いながら、真央の口にボールギャグをはめて、後ろで締めた。

革製のストラップの口にあたる部分にピンポン玉のようなボールがおさまった猿ぐつわである。

「俺たちは、このまま帰る。自力で何とかするんだ」

「ううッ！　ううッ！」

真央がこちらを振り返って、いやいやをするように首を振る。

島岡はドアを開けた状態で、下に楔を打ち込んだ。

長谷部がマジックで書きなぐった大判の厚紙を、真央に見せた。

真央の表情が引きつり、凄絶《せいぜつ》に呻いた。さかんに手を外そうとするが、手錠は手首に食い込むばかりで取れないはずだ。

長谷部が厚紙についた紐を、真央の首からかけた。そこにはこう書いてある。

『私は淫乱マゾです。お好きなように苛めてください。

——淫売弁護士　芦田真央』

「じゃあな」

島岡らはゆっくりと外に出ていく。

外に出るふりをして、なかを覗いた。たちまち人だかりができて、男たちがトイレを覗き込んでいる。

この後、何が起きるか、想像もつかない。

「大丈夫ですかね？」

長谷部が心配そうに言った。

「大丈夫じゃないだろ。何人かには犯されるんじゃないか。なあ、拓海」

「そうですね。ケータイのカメラで激写されて、写真週刊誌にでも売られるんじゃないですか」

「そうだな。いずれにしろ、真央の弁護士生命は絶たれたな」

島岡は満足して、駐車場に向かう。

(あとは、本人だけか……風間恭子、待ってろよ)

長谷部のタクシーに乗り込んで、島岡は拳をギュッと握りしめた。

第七章　最後の仕上げは……

1

金曜日の朝、新宿に向かう急行電車で、ドランク宇川は長谷部弘志と二人で、ひとりの女を挟みつけるようにしていた。

女の名前は、風間恭子。島岡を告発し、冤罪をかぶせた張本人である。

一週間前、宇川は島岡から相談を受けた。

風間三姉妹の三女・萌花を、さらに次女・奈緒を落とした。女性弁護士の真央も完膚なきまでに辱《はずかし》めた。残るは、当事者である恭子だけ。そろそろ、復讐劇の最終幕を開けたい。ついては、島岡自身は顔を知られているので、まずは宇川と長谷部に一役買ってもらいたいのだが……。

相談を受けて、宇川は最大限の尽力をすることを約束した。島岡とつきあいだしてから、自分の痴漢人生も輝きを増していた。ここは、島岡への恩返しをしたい。

ようやく最終章の幕を開ける時がやってきたのだ。

今、身体を接している風間恭子は、某製薬会社の薬剤師をしている。まだ二十九だがかなり優秀で、新薬開発にはなくてはならない戦力になっていると、島岡は言っていた。

恭子はストレートの黒髪を垂らし、黒縁の眼鏡をかけていかにも頭が切れそうな、冴えざえとしたところのある美人だった。ただお固いだけの女を想像していたのだが、いい方向に裏切られた感じだ。

出勤時はパンツ・スーツが多いらしいが、今日はノースリーブのニットのトップスを着て、スカートも柔らかな素材でできたお洒落な膝丈のものだ。手にはブランド品のハンドバッグを持っている。

島岡の話によれば、恭子は今夜、会社が終わってから、デートをする予定らしい。食事をし、酒を飲み、その後は彼氏の部屋で心行くまでオマ×コするのだろう。お泊まりするつもりなのかもしれない。

相手は同じ製薬会社の営業をしている男で、二人は婚約間近だという。

島岡には、自分をエリートコースから叩き落とした憎き女が、幸せな結婚をしようとしていることが耐えられないらしい。

その気持ちもわかる。宇川も自分をクビにした監督が、ビデオから映画の監督へとランクアップした時は、地団駄を踏んだものだ。もっとも、やつは映画の一作目で興行的に大失敗し、今はまたAV監督へ逆戻りしているのだが。

恭子の背後に張りついた長谷部と目配せし、宇川は痴漢を開始する。

まずは下に伸ばした右手の甲で、スカート越しに下腹部のやや上のあたりに触れて、打診する。

この段階では、まだ恭子は動かない。中吊り広告のセンセーショナルなキャッチフレーズを眺めて、知らぬ存ぜずを通している。

長谷部もまだ恭子の身体には触れていないようだ。長谷部のオッチャンにはこちらが主導権を握るから、邪魔しないように言い聞かせてある。

ややウエーブのかかったストレートの黒髪のサイドが、細面《ほそおもて》のととのった顔の頬にかかり、小生意気に上を向いた高い鼻が嗜虐心を誘う。

ならばと、手の向きを変えて、手のひらを腹部に密着させる。

一瞬、恭子の表情に変化があった。眉間に皺を寄せ、眼鏡の奥からにらんでくる。

だが、拒んだり逃がすようなことはしない。宇川は臍から下あたりを撫でまわした。

適度に脂肪をたたえた下腹が、柔らかなスカート越しにでも感じられる。

痩せた感じだが、実際の肉体はかなりグラマーと見た。

ニットのノースリーブをこんもりと盛り上げた胸も、けっこうデカくて、ボリュームがある。

（なるほどな、これでは、島岡さんも痴漢に走ったわけだ）

と考えて、いや、島岡はやってなかったんだと思いなおす。

そろり、そろりと下に向けて、手をすべらせる。

恥丘の膨らみを感じつつ、まだそのものには触れないで、恥毛が生えているあたりを円を描くように撫でさすった。

その時、恭子の手が伸びて、宇川の手首を握った。無理やり引き剝がされる。

懲りずに下腹を、今度は女の急所そのものにぴたりと指を押しあてた。

「やめて！」

恭子がその手を邪険に振り払った。眼鏡の奥の切れ長の目が、キッとにらみつけてくる。

宇川はここは強引に出るのは得策ではないと考え、腕を引いて、シカトする。

すると、恭子がビクッとして、後ろを見た。長谷部に尻を撫でられたのだろう。

意識が後ろに向いているうちに、宇川は今度は胸に手を伸ばし、ニット越しにふくらみをつかんだ。

恭子がびっくりしたようにこちらに向き直り、宇川の手を振り払った。

（やっぱり、デカかったな。弾力も良かった）

などと乳房の大きさを想像しながら、宇川は弾かれた手を下半身に向けた。

今度は腹の底、太腿の奥へと強引に指をねじこむ。恭子が腰をひねって、キッと眦を吊りあげた。

「いい加減にしなさい」

宇川の手の甲をつまんで、いやというほどねじりあげてくる。

爪が皮膚に食い込む痛みに耐えながら、宇川は反対の手を尻のほうにまわして、指を尻肉に食い込ませてやった。

「ううッ……」

みっちりと肉の詰まった尻たぶがこわばり、手の甲をつまんだ指が引いていく。

膝丈のスカートをまくりあげるようにして、スカートのなかに手を差し込んだ。

いやっとばかりに太腿を締めつけてくる。だが、道をふさがれる寸前に二本指が股間にたどりついていた。腰を抱き寄せるようにしながら、股間に届いた指を動かす。

パンティストッキングの質感を通して、柔らかくうごめく女の媚肉が沈み込む。

「ううッ……やめなさい！」

恭子が逃れようとして、もがいた。

長谷部がここぞとばかりに、後ろから尻を触りまくっているのがわかる。

片手が背後から伸びて、形よく盛り上がった胸のふくらみを、やわやわと揉みはじめた。

二人から同時に身体をまさぐられるという体験に戸惑ったのだろうか、恭子は必死に身体を逃がそうとするものの、声を出すようなことはしない。

(ふふっ、恋人とやりまくっているうちに、いやらしい身体になっちまったか？)

これを幸いとばかりに、宇川は右手の指を活発に働かせて、柔肉を責める。

「いやッ……声を出すわよ。突き出すわよ。いいのね」

恭子が鋭く言う。

「どうぞ、ご勝手に」

居直った宇川は、ますます大胆に股間を責める。

二本指で裂唇をなぞりあげ、さらに指を立ててリズミカルに突くようにする。長谷部もニット越しに胸のふくらみを強弱をつけて圧迫し、尻をさすりまくっている。

左右に逃げていた腰が止まった。

「う、あッ……ううンン、ううンン」

くぐもった声を洩らして、恭子は首をさかんに左右に振る。

自分が感じていることが信じられないといった様子で、宇川の腕に爪を立てていたが、やがて、万策尽きたのか、がっくりとうなだれてしまった。

左右からの太腿の圧迫がゆるんだ股間を、宇川はここぞとばかりに激しくさすり、バイブレーションさせる。

腰がジリッ、ジリッと揺れ、息づかいが乱れはじめた。

パンティストッキング越しに感じられる恥肉も、柔らかさ増している。

(意外だったな。こいつ、このままだと一次攻撃で落ちるかもな)

気分良く股間をいたぶっていると、電車がスピードを落とし、駅で停まった。自動ドアが開いた時だった。それまでうつむいていた恭子が顔を上げた。右手首をつかまれた。関節を決められていた。

「降りなさい」

恭子の激しい口調に、周囲の客がいっせいにこちらを振り向いた。

二人は電車を降りた。

ホームで恭子が駅員をさがしているのを見て、宇川はその手を振り払った。

あらかじめ、恭子がこういう態度に出ることは計算済みである。

「そんな態度でいいのかね、風間恭子さん」

小声で名前を出すと、恭子が不思議そうな顔をした。怪訝な表情で、長谷部と宇川の顔を交互に見る。長谷部が近づいてきて、ポケットからケータイを取り出した。

途端に、恭子の顔から血の気が退《ひ》いていく。

前に撮ったもので、液晶画面には、妹の萌花が制服姿で男のペニスを頬張っている姿が動画で映し出されていた。粗い映像だが、萌花の顔ははっきりとわかる。

「ちょっと、何よ！　どうしたの、これ？　どういうことよ！」

「さあ、どういうことでしょうかね。こういうのもありますよ」

動画が切りかわった。恭子は驚きを通り越えて、啞然として口を開けた。

次女の奈緒が、エレベーターガールの格好で後ろから犯されていた。「あッ、あッ、あッ」という喘いでいる様子までが伝わってくる。

「信じられない、何者なの、あなたたち、何をしてるの！」

恭子は真っ青になりながら二人を見る。

「事情を知りたかったら、言うとおりにしろ。今、二人は仲間が拉致している。映像を見ればウソではないことがわかるだろう。心配するな、あんたが言うことを聞けば、二人は解放してやるよ」

奈緒と萌花は、今頃、島岡と拓海がマンションの一室に監禁しているはずだ。

「ほんとね、今のほんとうね」

「ああ、約束は守る。べつにお前たちを誘拐して、身代金取るわけじゃないからな。そこは心配しなくていい。俺たちはいいやつだから」

笑えない冗談を言って、宇川は気味悪く笑う。

「どうすればいいの？」

「まずは、痴漢を愉しもうじゃないの。そうだな、邪魔な下着を脱いできてもらおうか。ブラジャーとパンツを」

宇川はホーム内の女子トイレで恭子に下着を外させた。トイレで、ケータイで妹を呼び出しても出ないはずだ。すでにケータイは切られている。外で監視していると、恭子が出てきた。

それとなく両腕で胸を隠している。それでも、ニットのノースリーブの胸をこんもりと持ち上げた胸からは、明らかに乳首とわかる突起が浮き出ていた。

宇川は肩を抱き寄せて、階段を上りながら聞いた。

「妹に電話しても、通じなかっただろ？」

恭子が顔をこわばらせたのを見ると、予想通り電話をかけたようだ。これで、こちらの言っていることが事実だとわかっただろう。

2

急行電車がホームにすべりこんできた。

寿司詰め状態のなか、二人は恭子を反対側のドアまで押し込むと、前後からぴたりと張りついた。こちら側のドアは新宿まで開かない。

時間は二十分ある。この高慢な女を落とすには充分な時間だ。

正面に位置した宇川は、早速、右手を股間に伸ばした。

シフォン地の膝丈のスカートをめくりあげて、なかに手をねじこむと、恭子は言いつけ通りに、パンティを脱いでいた。

じかに触れる柔らかな繊毛の下で、湿った恥肉の感触が指にまとわりつく。

腰をよじって、恭子が言った。

「ほんとうね。ほんとうに、妹を解放してくれるのね」

「ああ……ただし、くだらん抵抗したら、その時は終わりだ。わかったな」

耳元で囁き、裂唇を指でなぞる。

長谷部も後ろから胸を揉みしだき、ニットを突き上げた乳首をこねまわしている。

花肉に指を遊ばせているうちに、左右の肉びらがひろがり、熱い汁が噴きこぼれた。

上方の肉芽に淫蜜をなすりつけ、細かく刺激すると、

「ううッ……やッ……ううッ、そこ、やッ……」

恭子はさかんに首を振りながら、宇川の腕に爪を立てる。

痛みを我慢して、急所らしいクリトリスをこねたり、かるく叩いてやる。小さかった肉芽が存在感を増し、しこりがはっきりと指先に感じられる。

恭子の身体がブルブル震え出した。唇を噛んで声をこらえていたが、やがて、

「ううッ、あッ……あッ……ううッ、いや……うッ、うン、ううンンン……」

抑えきれない喘ぎをこぼして、宇川の胸に顔を埋めてくる。

（けっこう、敏感じゃないか。そうか、こいつ自分が感じ過ぎるから、それがいやで、痴漢を撃退してたんだな。一種の自己防衛ってやつだ）

クリトリスをさんざんいたぶってから、二本指を膣肉にめりこませた。

「うああッ！……やッ……動かさないで」

恭子は宇川の胸に顔を埋めて、声を押し殺しにかかる。

宇川は第二関節まで潜りこませた指を、かるくピストンさせて、様子をうかがう。

膨張した肉襞が、指の動きを阻止するかのようにうごめき、からみついてくる。

（なかなか名器じゃないか。眼鏡かけて知性派美人を気取っているけど、じつは淫乱な肉体をお持ちになっていらっしゃるわけだ）

宇川が名器を攪拌していると、長谷部の指に触れた。

長谷部も後ろから指を突っ込もうとしているようだ。

（しょうがねえオッサンだな。まあ、いいか。ほら、どうぞ）

宇川は指を膣肉の前側に持ってくる。それを待っていたように、長谷部の指が後ろのほうに潜りこんできた。合計四本の指が、膣内におさまっていることになる。

「ううッ！……何するの……無茶よ……うう、ああ、ああゥゥ」

恭子は胸にしがみつくようにして、指の凌辱に耐えている。

宇川が指を奥まで叩き込むと、後から長谷部が同じように深いところをうがつ。

指と指が狭い潺りのなかで、接触し、ネチャネチャとぶつかりあう。

(さすがに、こんなのは初めてだな)

宇川は苦笑しながらも、クリトリスを同時に責める。

やがて、長谷部の指が撤退したと思ったら、

「ううッ……やッ！……」

恭子が顔を跳ねあげた。どうやら、長谷部がアヌスに指をねじこんだらしい。

(オッサン、なかなかやるじゃないか)

宇川はニットの下から左手をすべりこませて、じかに乳房に触れる。

汗ばんだ乳肌が指にまとわりつき、揉むと指が跳ね返されるような豊かな弾力を伝えてくる。完全にうつむいてしまった恭子を見おろしながら、トップの肉蕾を指で挟んで転がした。右手ではクリトリスを集中的に責めている。

ふたつの突起をいじられて、恭子は一線を超えたようだった。

「ああ……ああ……うンンンン……許して、それ以上は駄目……ううッ！」

感じまいとして唇を嚙む。それでも湧き上がる快感はこらえようがないのか、顎を突き上げて、喘ぐ。

眼鏡のレンズがキラリと反射して、奥の目が陶酔したように閉じられた。長い睫毛が震える。

（こいつ、眼鏡を取ったら、色っぽい美人に変身するかも）

眼鏡を外した顔を想像しながら、宇川は乳首を転がし、裂唇を叩く。

恭子は抑えきれない喘ぎをこぼして、総身を震わせている。周りは完全に痴漢されていることがわかったのか、二人に非難めいた視線を突き刺してくる。

恭子の右手をつかんで、ズボンの股間に導いた。

「引っ張りだして、しごくんだ」

耳元で命じた。右手が動いて、股間のジッパーが下げられた。

トランクスから勃起が引き出され、露出した肉柱を恭子はためらうことなくしごいてくる。いやいややっているようには見えない。

体内で暴れる性感のうねりそのままに、激しく情熱的に擦りあげる。亀頭に浮かんだ先走りの玉を指ですくいとり、濡れた指を亀頭冠にぶつけるようにしごいてくる。

自分のしていることが信じられないといったふうに、顔を振りながらも、指づかいにはますます力がこもってくる。長谷部に目配せした。

長谷部がガード役として、二人と乗客の間に立って視線を遮る。

「しゃぶれよ。チンチンをしゃぶるんだ」

耳元で強く命じて、恭子をしゃがませた。

一瞬起き上がろうとした恭子の肩を押さえつけて、肉柱を口許に押しつける。

わずかな逡巡《しゅんじゅん》の後に、潤みきった柔らかな肉片が亀頭に押しつけられた。

舌が亀頭冠にもまわりこんで、さらには裏筋にも這う。

(やるねこいつ、思っていたより、エロいぞ)

やがて、すっぽりと頬張ってくる。指をつかおうとしないで、口だけでズリュッ、ズリュッと咥えこみ、往復させるのだ。

温かい粘膜で敏感な箇所を擦られ、宇川はいきりたつ。

恭子はいったん吐き出して、根元をつかんでぐらぐら揺さぶる。

それから、また頬張り、今度は指で皺袋を持ち上げるように愛撫し、口は大きくスライドして、肉棹を根元から先までしごく。

恭子の唾音や低い呻きが、宇川にも聞こえてくる。

その時、急行が次の停車駅に停まった。

乗客が津波のように押し寄せるのを、長谷部が防波堤の役目をしてふせいでいる。

電車が動きだすと、恭子は休めていた口をいっそう激しく働かせて、肉棹を追い詰めにかかる。口内発射をさせても良かった。だが、それではつまらない。

いざとなったら、合意の上と説明すればいい。

恭子を立たせると、ドアに背中を押しつけた。

片足を持ち上げて、いきりたつ肉棹で狙いをつける。

スカートの奥の沼地をさぐり、切っ先をあてた。ゆっくりと突き上げると、滾りの細道が硬直を包み込んだ。

「ううッ！　……うはッ……！」

恭子がガラスに後頭部を打ちつけた。

ローファーがぶらぶら揺れて、隣の乗客の目の前で踊っている。

中年サラリーマンが昂奮しきった顔で、揺れるローファーを凝視している。

「うッ、うッ、うッ……ああ、もう……」

顔を見られるのが恥ずかしいのか、恭子は顔を伏せている。

「そうら、恭子。顔を見てもらえよ」

徐々に打ち込みを深くしていく。続けざまに突くと、恭子の顔が上がってくる。

ついには顔を完全にさらして、あられもなく喘ぐ。

宇川は左手でニットをたくしあげて、まろびでた乳房をむんずとつかんだ。

すくいあげるように揉みあげ、痛ましいほどにせりだしたピンクの乳首を指腹でこねまわす。

「そうら、見てもらえよ。あさましく昇りつめるところを、みなさんに見てもらうんだ」

反動をつけた一撃を叩きこんだ。

「あぁッ……向こうを向いてて！　見ないで、お願い……聞かないで、お願いです！」

「見てもらえよ。そうら」

宇川は深いストロークを連続して突き上げた。

先端が子宮口にコツコツあたるのがわかる。乳房をむんずと鷲づかむと、

「ああッ……ああ、ああ……はうッ……」

恭子が顎を一杯にのけぞらせて、ガクン、ガクンと大きく震えた。

失神状態でへたりこもうとする恭子を支えて、宇川は用意しておいたカプセルを、膣内に押し込んだ。ふらふらの恭子の耳元で言った。

「落とすなよ。あとで、見てみろ。必ず見るんだぞ。いいな」

楕円形のカプセルには、今夜会う時間と場所が書かれたメモが入っていた。

電車が速度を落として、終点の新宿で停まった。

床に座り込んで動かない恭子を尻目に、二人は意気揚々と電車を降りた。

3

午後七時、宇川と長谷部は指定したT駅の前で、恭子が現れるのを待っていた。

「来ますかね？」

「来るさ。かわいい妹たちを放っておくわけにはいかないだろう」

「警察に訴えるなんてことは、ないでしょうね」

「ないね。デートをキャンセルして、駆けつけてくるさ」

「しかし、彼女、あれですよね。眼鏡を外したら、たぶん美人ですよね」

「俺もそう思ったよ……身体もけっこうむちむちだしな、ほんとうは男好きのする女だと思うよ。なにしろ、電車のなかでイク女だからな」

などと話していると、改札口から恭子が出てくるのが見えた。

キョロキョロする恭子に近づき、左右から挟みつけた。

駅前に停めてあった長谷部のタクシーに押し込み、宇川もリアシートに乗り込む。

恭子が口を開いた。

「どこへ行くの？」

「さて、どこかな？　心配するなよ。二人に会わせてやるから……その前に、ちょっと愉しもうか。言いつけを守ってきたよな」

胸と下腹部をさぐって、下着をつけていないかどうか確かめる。

膣内に押し込んだカプセルのなかのメモには、下着を脱いでくるようにも書いてあった。パンティストッキングの感触が伝わってくる。だが、パンティははいていない。パンストから粘液がにじんでいた。

「ＯＫ、ＯＫ。おいおい、マ×コ、もう濡らしてるな。ここに向かう間にも期待して昂奮しちゃったわけだ」

恥肉の潤みをまさぐりながら言葉なぶりすると、

「違うわ。そんなんじゃ、ないわ」

「まあ、いい」

宇川はバッグから鋏《はさみ》を取り出した。

「いや、何をするの？」

抵抗する恭子を押さえつけて、膝丈のスカートに鋏を入れた。

裾を何十センチもジョキジョキと切っていく。膝上三十センチのウルトラミニができあがった。切り口が波状で、しかもパンティが見えるかどうかのギリギリのスカート丈である。

さらに、股間にピンクローターを押し込んだ。電池内臓のカプセル型バイブが奇妙な音をたてて振動し、膣肉を刺激するのを確かめて、その上からパンティストッキングをはかせて押さえ込んだ。

「ううッ、ううッ……やッ、これ……」

急にもじもじしはじめた恭子の眼鏡に手をかけて、外した。

「いやよ、眼鏡はいや！　見えないの。すごく目が悪いの。返して、お願い」

恭子が奪われた眼鏡を取り返そうと、身体を寄せてくる。

「なかなか、きれいじゃないか。知性派から官能派へと大変身だな」

そう言って、恭子を抱き寄せ、下腹部をまさぐった。

「最低だわ。あなたたち、最低の人間だわ」

「最低の男に痴漢されて、ハデにイッたんだから、恭子は最低以下だ。違うか？」

恭子が押し黙った。湿った恥肉を、パンティストッキング越しに撫でさする。

さらには、ニットを柔らかく持ち上げて丸みを帯びたふくらみを荒々しく揉みしだく。恭子は最初はいやがっていたが、キスを浴びせ、唇を舐め、歯茎を刺激してやると、「ああァア」と喘ぎとともに唇がほどけた。

潜り込ませた舌をねちねちとからませていくと、恭子はこらえていたものがあふれだしたように、自分から舌を吸ってくる。

「うふッ、うふッ……ああ、ああンンン……」

喘ぐような息づかいで、情感たっぷりに応える。

ピンクローターが効いているのか、キスしながらも切なそうに腰を揺すっている。

タクシーが店の駐車場に入り、停まった。コンビニである。

「ちょっと、買物してもらおうか」

いやがる恭子を降りさせ、追い立てながら言った。

「この金で、コンドームとティッシュを買え」

「いやだわ。無理よ、こんな格好なのよ」

ウルトラミニに変身したスカートは、尻の丸みがのぞくほどに短い。

「かわいい妹たちがどうなってもいいんだな」

脅しをかけると、恭子が口を噤《つぐ》んだ。

入口で腰を引く恭子を、強引に入店させる。

コンビニの内部は異様なほどに明るい。しかも、部活を終えた下校時の高校生が何人も雑誌のコーナーにたむろしている。

「いらっしゃいませ」

自動ドアが開く気配に声をかけたバイトの男性店員が、恭子の姿を見て、顔をこわばらせた。戸惑いながらも、レジ打ちを続ける。

凍りついたように立ち止まった恭子に、「行けよ」と耳元で恫喝して、少し後ろからついていく。

店の奥へと進んでいく恭子を、野球バッグを肩にかけた高校生たちが、ちら見している。高校生たちの視線を感じ、羞恥に身を揉むようにしてうつむき、必死にスカートを押し下げる恭子。

「サックとティッシュな。コンドームは二箱な」

宇川はわざと大きな声で言う。

恭子がやめてとでも言わんばかりに宇川を哀願調で見て、それから居たたまれないといった様子で唇を噛む。

急いでコーナーに歩み寄り、コンドームの箱とティッシュ・ボックスをつかんだ。

足早にレジに向かった。

レジには二人並んでいた。待つ間も、サラリーマンたちがスカートからはみだした尻の丸みに露骨な視線を送っている。

宇川は恭子の手から、コンドームを取り、それを落とした。

恭子が何をするのという顔で、こちらを見る。

「落ちたぞ。拾えよ。ただし、足は伸ばしたままな」

恭子はしばらくためらっていたが、そろそろ自分の番が近づいてくるのを見て、おもむろに身体を折り曲げた。

足を伸ばした状態で手を下げて、床のコンドームを拾う。

肌色のパンティストッキングに包まれた尻が、目に飛び込んできた。

「そのままだ。止まってろ。かわいい妹のためだ」

恭子がコンドームの箱をつかんだまま動きを止めた。

ちょうど、商品棚に尻を向ける格好である。

商品を捜していた十数名の客の視線が、いっせいに恭子の尻に注がれた。

「いや……許して、お願い」

哀訴する恭子の尻に手をかけて、パンティストッキングを一気に引き下げた。

「いやッ！」

熟れきった尻たぶと底にうずくまる翳りが見えて、客たちは目を見開いた。

恭子もこの屈辱にはさすがに耐えられなかったのだろう。商品を投げ捨てて、入口に向かって走っていく。

自動ドアを出たところで、恭子は長谷部につかまっていた。

宇川は恭子の髪の毛をつかんで、引きずりまわした。

「逃げだしやがって……罰だな」

ニットのトップに手をかけて、首から抜き取った。

あらわになった乳房を手で隠して、しゃがみこむ恭子。

「もう一度、この格好で買ってこい。今度ヘマしたら、妹たちはどうなるか、わかってるよな」

恭子を起こして、後ろ手にねじりあげながら、店内に押し込んだ。

恭子は、さらけだされてた乳房を懸命に隠しながら、床に落ちていたコンドームとティッシュ・ボックスを拾った。急いでレジの列に並び、うつむいている。

商品で乳首を隠しているが、乳房のふくらみはもろに見えていた。高校生たちが集まり、恭子を取り巻くようにしてニヤついている。

生きた心地もしないといった様子で肌を染め、うつむいている恭子の姿が、サディズムを満足させる。腰が微妙にくねるのは、膣内のバイブが効いているからだ。

恭子は商品をカウンターに置いた。店員があたふたしながらレジを打っている。

恭子がお札を出して、釣りを受け取った。

レジ袋を受け取ると、脱兎のごとく店を飛び出してくる。

タクシーの車内にふたたび押し込めると、恭子はがっくりと顔を伏せて、はあはあと息を弾ませている。

「しゃぶるんだ」

ストレートのつやつやの髪をつかんで、股間に引き寄せた。恭子は今体験した屈辱感を、一刻も早く忘れたいのだろう。肉棹に貪りついた。

血管が浮き出た肉柱の根元を指でしごきながら、あまった部分に唇をかぶせて、猛烈に頬張ってくる。乳房をさぐると、乳首はしこりきって痛ましいほどにせりだし、かるく転がすだけで、切なそうに腰を揺すり上げる。

黒光りするロングヘア乱れ、眼鏡を外した美貌に張りついていた。

卑猥な唾音をたてて、バキューム・フェラをしてくる。

（濃厚なフェラしやがって、たまらんぞ、この女）

宇川は下半身が蕩けていくような快感に、うっとりと目を細めた。

4

恭子は宇川と長谷部に挟みつけられるようにして、マンションの部屋に入った。

広いリビングに足を踏み入れた瞬間、恭子の身体は凍りついた。まず目に飛び込んできたのは、三女の萌花だった。

いくら近眼でも、妹くらいはわかる。

絨毯の上に四つん這いにされ、後ろから男に犯されていた。

萌花は学校の制服を着ていた。ブラウスは無残に引き裂かれ、乳房がこぼれでている。そして、乳房の上下には赤いロープがまわされて、手が後ろにねじられている。

背中でひとつにくくられた腕をつかまれ、まだ高校生くらいにしか見えない少年が後ろから獣のように犯している。

紺と赤のチェックのスカートがめくれあがり、突き出したお尻に向かって激しく叩きつけられ、「あン、あン、あン……」と、入ってきた恭子にも気づかない様子で、喘いでいる。

その横では、次女の奈緒が、エレベーターガールの格好で、両手を真っ直ぐに頭上に吊られていた。

梁《はり》に打ち込まれた滑車から鎖が垂れて、両手を拘束した手枷に掛けられている。

引き裂かれたブラウスから乳房がこぼれ、ラベンダー色のスカートもめくりあげられていた。そして、破れたパンティストッキングの股間には、黒光りするバイブが打ち込まれている。

ブィーン、ブィーンと不気味な音をたてるバイブを、背後の男が操っていた。

「ううン、ああ……いやァアン、欲しくなっちゃうゥ」

うっとりと目をつむった奈緒が、気持ち良さそうに腰を揺すった。

「ちょ、ちょっと……これ……」

恭子は愕然として立ち尽くした。

(何よ、これは、どういうこと?)

不思議なのは、妹たちはいやいやされているようには見えないことだ。事情がつかめないまま、

「萌花！　奈緒！」

名前を呼ぶと、二人がこちらを見た。

「ああ、お姉ちゃん……来ないで！　見てはいや！」

萌花が叫んで、顔を伏せた。

奈緒が何か言おうとしたのを、後ろの男が口をふさいで止めた。

男の顔を見た瞬間、全身が凍りついた。

(あれは、あの男は！)

自分が告発した痴漢だった。裁判では何度も顔を合わせていた。

「気づいてくれたようだね。嬉しいよ、覚えていてくれて。そうだよ、島岡孝一だよ。お前に冤罪で訴えられた痴漢だよ」

島岡がこちらに向かって歩いてくる。

逃げようとするが、後ろから羽交い締めされて動けなかった。

顎をつかまれ、顔を引き上げられた。正面から、細い目でねめつけてくる。

「あなたが、あなたがさせたのね」

「……お前は無実の私を告発した。私は何度もやっていないと言ったはずだ。だが、お前ら姉妹は俺のことを信じなかった。そのせいで、私は離婚して、職も失った……お前は、私の人生を目茶苦茶にした。何もやっていない私を……」

恨みのこもった目でにらみつけてくる。

「しょうがないじゃない。あなたがいけないのよ」

「うるさい！」

往復ビンタされ、耳がツーンとしてくる。涙がこぼれそうになるのをこらえて言った。

「復讐のつもり？　だったら、私だけにしなさいよ。妹には関係ないわ」

「相変わらず突っ張るねえ……奈緒も萌花も、いやいやされているように見えるか？」

　恭子は押し黙った。さっきから、感じていたことだった。

「こいつらは、悦んでおしゃぶりしてくれるよ。あんたの妹だからな。あんたと同じ淫乱の血が流れてる。淫乱三姉妹ってわけだ」

「やめて！　違う！」

「違わないね。電車で犯されて、イッたそうだな。気をやったそうじゃないか」

　恥辱感が押し寄せてきて、身体を焼く。

「あの時も、私とは違う男に痴漢されて、感じたんだろ？　そういう自分が許せなくて、そばにいた私の腕をつかんだ。そうだよな？」

　恭子は言葉を失った。

「そういう女は絶対に許せない」

　奈緒がチェーンから降ろされ、代わりに恭子が吊るされた。

5

　全裸に剝かれたいまいましい女が、両手を真っ直ぐに伸ばす形で目の前に吊られていた。

瘦せぎすの無残な身体をしているのかと想像していたのに、思ったよりいい身体をしている。全体に色白でむちっとして、乳房は豊満にせりだし、破れたパンティストッキングからはみだした下のおケケは、黒々とした繊毛がとぐろを巻いたように繁茂している。

腰が微妙に揺れ、全身がほのかなピンクに染まっているのは、膣に押し込まれたピンクローターのせいだ。島岡は乳房を鷲づかんで、下腹部をまさぐった。

「ああ、許して……ごめんなさい……許して」

恭子が眉根を寄せて訴えてくる。

「駄目だな。あんたは本心から謝ってるんじゃない。この場を逃れたいだけだ。そうだよな」

豊かな弾力を伝える乳房にいやというほど指を食い込ませ、さらには膣肉にも中指を突っ込んだ。

潤みのなかで振動するローターをさらに奥へと押し込みながら、乳首をねじ切らんばかりにひねってやる。

「やめて……やめてって言ってるじゃないの！　このヘンタイ！」

恭子の悪態が、島岡の怒りに火をつけた。

「ふふッ、ヘンタイね。それじゃあ、ご期待にお応えしましょう」

島岡は用意しておいた器具を持ってくると、恭子の前に立った。手には大きな針のようなものをつかんでいる。

ピアッシング・ニードル。ピアスを入れる孔を開けるための器具で、先は鋭角、なかは中空になっている。

ピアスは基本的には自分で外すことができる。だが、開口部を瞬間接着剤で着けてしまえば、よほどのことがない限り外れないはずだ。

恭子に復讐の刻印をつけてやるのだ。おぞましい肉体に変えて、恋人とセックスできなくしてやる。

「何？　何、それ」

恭子が恐怖の目を、先の尖ったニードルに向ける。

「動くなよ。おとなしくしないと、乳首が千切れるからな」

島岡は乳首にニードルの先を押しつけた。ガタガタ震える恭子の揺れを封じながら、慎重に押していく。

しこってせりだした乳首に先がググッとめりこんだ。

歯を見せて耐える恭子を見ながら、さらに力を込めると、ニードルが皮膚と肉を切り裂く手応えを残して、反対側へと突き抜けた。

「うわッ！……」

恭子が、激痛で唇を震わせた。

ニードルをさらに押し込みながら、その尻にリング状のピアスを押しつけて、できた孔にピアスを通していく。

直径二十ミリほどのサージカル・ステンレスでできたビーズ・リングである。

ニードルを抜き取るのと同時にリングも貫通させた。リングの接合部分に瞬間接着剤を垂らしながら、ビーズを留めていく。

左の胸にビーズ・リングを刺環された恭子は、自分がされたことが信じられないといった顔で、ピアスが光る乳首を眺めている。

島岡はさらにもう片方の乳首にも、リングを刺環した。

牛の鼻輪のようなニップル・ピアスがステンレスの光沢を放って、恭子の乳首からぶら下がっている。

「ああ、いやよ……取って、外して」

一時の茫然自失状態からよみがえって、恭子が涙声で訴えてくる。

「まだ、終わりじゃないからな。これからが本番だ」

島岡は冷静に言って、六個の内径十ミリほどのビーズ・リングを用意する。

今度は、女性器に円形ピアスを刺環するつもりである。

「もう、いや……そんなにされたら、死んじゃう。やめて、やめてよォ」

泣き叫ぶ恭子の啼泣《ていきゅう》を聞きながら、島岡はインナーラビアにニードルで孔を開け、リングを入れて同じように接合部を瞬間接着剤で止めた。

片方の小陰唇の上、中、下に三箇所入れ、反対側のインナーラビアにも同じ位置にリングを差し込んだ。

入れ終わる頃には、恭子は痛みと衝撃で泣くことも、叫ぶこともできず、精根尽き果てたようにすすり泣いていた。

下腹部で金属の光沢を放つ三対のリングが煌《きら》めいているのを見て、

「可哀相に……これで、あんたは普通の身体じゃなくなった。こんな恥ずかしい身体じゃ、真鍋《まなべ》とセックスすることもできないな」

真鍋というのは、婚約間近の恋人の名前である。

「ひどいわ、ひどい……鬼よ。人間のやることじゃない」

恭子は唇を噛みながら、恨みのこもった目でにらみつけてくる。

「そうだよ。私は人間じゃない。あんたが鬼にしたんだ」

島岡はそう言うと、恭子の変わり果てた肉体を観賞する。

吊られたむちむちの裸身である。迫力満点の乳房のトップには、一対のリングが噛みつき、下腹部にはキーホルダーのように幾つものリングが煌いていた。

復讐の気持ちと同時に、ピアスを施されたオマ×コを一度味わってみたいという欲望があった。パンティストッキングに包まれた片方の膝を腰まで持ち上げ、いきりたつ肉棹で恥肉をさぐった。

内側の肉びらに付いたリングがあたり、冷たく硬い感触を伝えてくる。

「いやよ、いや……」

「思い知れ」

島岡はまとわりつくリングを押し退けるようにして、一気にねじこんだ。

「ううッ、うはッ！……」

吊られた格好で、顔を跳ねあげる恭子。

熱く滾った膣肉が、パニックを起こしたようにざわめいて、勃起を締めつけてくる。

「スケベなマ×コだ。いやなはずなのに、グイグイ締めつけてくる。もっとちょうだいって、吸い込もうとする」

言葉なぶりしても、恭子はただいやいやをするばかりで、言葉を返すこともできない。

島岡は積もりにつもった感情をぶつけ、壊れよとばかりに子宮を突き上げた。

豪快にねじこむと、恭子は顎をせりあげて、

「あン……あン……あン……！」

島岡への気持ちを忘れてしまったかのように、いい声で鳴く。

冷たい金属が勃起の表面に触れ、もうひとりの女に分身をなぞられている気がする。

目の前で揺れる乳房のトップには、内径二十ミリほどのリングが煌き、突き上げるたびに揺れる。

空いている左手で乳房を荒々しく揉み、リングに指を入れて引っ張ってやる。

色づいた乳首がゴムのように伸びて、

「いやァァ……！　ああ、ううッ……許して、それ、許して……ううッ」

恭子が激しく顔を左右に振る。それでも、打ち込みを再開して、激しく打ち込むと、

「うッ、うッ、うッ……あッ……あッ……あぁゥゥゥ」

恭子は喜悦の声をあげて、顎をせりあげる。宇川が恭子の背後にまわった。

「ついでだから、ケツもいただこうぜ」

宇川はあふれでた淫蜜をアヌスの窄《すぼ》みになすりつけた。ろくにマッサージもしないで、強引に突入をはかる。

「いやァァ……！　そこ、駄目！　ううッ、しないで」

「そうら、先っぽが入った」

宇川が下腹部の凶器で天を突くようにめりこませると、入口の括約筋がプツンとほぐれ、内部に潜り込んでいく。

「うああァァァ……！」

恭子が派手に上体をのけぞらせて、天井を仰いだ。ジャラッと鎖が鳴った。頭上に引き上げられた手でチェーンを握りしめ、苦悶にゆがむ顔をさらして、唇を震わせている。女体をサンドイッチにした宇川が、律動を開始した。

　肉壁一枚向こうで、硬直がアヌスを擦りあげているのが、はっきりと感じられる。前と後ろを貫かれて、どうすることもできないのだろう。恭子は惚けたようになって、二人の間でぐらぐら揺れている。

宇川が背後から手を伸ばして、乳房を揉みしだくのを見て、島岡は打ち込みに集中した。恭子の膝を腰まで持ち上げた状態で、連続してえぐりたてる。

潤みきった膣肉が痙攣でも起こしたように、分身を包み込んでくる。ざわめく肉畝が、亀頭冠の溝に入り込む。

三対の冷たく硬いリングが、勃起の表面に浮かんだ血管に触れてその違和感がいっそう刺激的だ。たて続けに腰をつかうと、

「ああァァ、駄目、駄目！　……うああァァ」

恭子は爪先立ちになり、一直線に身体を伸ばした。

「ケツとマ×コを犯されて、お前は気をやる。そういう女なんだ。あんたには正義を振りかざす資格なんてないんだよ。わかったか、返事をしろ」

「ああ……わかりました」

「これからは、くだらん真似はよして、男に尽くせ。わかったな」

「はい……」

「よし、くれてやる。前と後ろに臭いザーメンを注ぎ込んでやる。嬉しいよな？　返事は？」

「はい、嬉しいです」

二人は調子を合わせて、前と後ろを突く。時には同時に突き上げたり、交互にねじこんだりを繰り返した。

ふらつく裸身を身悶えさせて、恭子は陶酔状態のなかで高まっていく。

「そこ、そこ、そこ……いやッ、やめないで！　……ああ、ああァァァァ……イッちゃう！　イッちゃう……」

恭子がのけぞり、顎をせりあげるのを見て、二人は打ちこみのピッチを上げた。

「そうら、イケよ。恥をさらせ」

島岡がたて続けに子宮口を打つと、

「ああ、あああァァァァ……はうッ！　……うム」

最後は生臭く呻いて、恭子が痙攣した。

のけぞった状態でガクン、ガクンともんどりうつように裸身を躍らせた。

気をやったのだ。やがて、絶頂の痙攣がおさまると、ぐったりしてチェーンブロックにぶら下がる。

だが、島岡も宇川もまだ射精していなかった。

島岡は結合したまま、周囲を見る。

ソファの拓海が、向き合う形で萌花を犯して、かわいい喘ぎを絞りとっていた。

「ああ、拓海くん、素敵……萌花、おかしくなっちゃう」

長谷部も奈緒を絨毯に這わせて、獣のように犯している。

「もっと、もっと犯して。奈緒を目茶苦茶にして。ああンン、そこよ、そこ！」

二人の喘ぎ声が室内に響きわたった。

「聞こえるか？　妹たちがいい声出してる。お前ら三姉妹はどうなってるんだ」

朦朧とした恭子がゆるやかに首を左右に振った。

6

二時間後、新宿のスクランブル交差点の前で、一台の個人タクシーが停まった。

飛び出してきた三人の女を見て、交差点を渡っていた通行人は我が目を疑った。

三人とも全裸で、赤い縄で全身を亀甲《きっこう》縛りにくくられていた。

首から看板のようなものを吊るされている。

看板には太字マジックで、こう書きなぐってあった。

『皆さま、どうか、このインラン三姉妹を犯してください。

長女・風間恭子　次女・奈緒　三女・萌花』

確かに三人とも顔が似ていた。

それぞれ特徴は違うが、三人三様に美人である。身体も素晴らしく、セクシーだ。

不思議なのは、都会の夜の雑踏のなかでは、陰影にとんだ白い裸体がなぜか作り物のように見えることだった。

通行人が唖然としていると、三人はよろよろと駆けて、タクシーから遠ざかっていく。

酒が入っていない男をさがすのは難しいくらいの時間帯だった。柄の悪そうな酔っ払い五人組が、女を追いかけていく。

女たちに追いついて、何事か言って笑った。

三姉妹が逃げようとするのを、背後から捕まえた。

「つきあえよ、なッ」

男の声が聞こえる。

信号が青に変わり、停まっていた個人タクシーが動きだした。さっき飛び出していった女とは、違う方向に走っていく。

激しく抵抗する女たちを、五人の男が取り囲んだ。どこかへ連れていこうとしているようだ。

男たちに挟みつけられるようにして、全裸の三つの後ろ姿が雑踏に消えていくのを見届けて、立ち止まっていた通行人が歩き出した。

ついさっき三人の美女のストリーキングがあったことなど嘘のように、新宿の夜は猥雑な平静を取り戻しつつあった。

◎本作品は『甘美な標的』（二〇〇七年・桃園書房刊）を大幅修正及び改題したものです。

二見文庫

美《び》姉《し》妹《まい》痴《ち》漢急行《かんきゅうこう》

著者　北原童夢《きたはらどうむ》

発行所　株式会社 二見書房
東京都千代田区三崎町2-18-11
電話 03(3515)2311［営業］
03(3515)2313［編集］
振替 00170-4-2639

印刷　株式会社 堀内印刷所
製本　株式会社 村上製本所

落丁・乱丁本はお取り替えいたします。
定価は、カバーに表示してあります。

ISBN978-4-576-13143-6
http://www.futami.co.jp/

二見文庫の既刊本

熟年痴漢クラブ

KIRIHARA, Kazuki
霧原一輝

民雄は、二回目の車内痴漢で捕まりそうになる。その窮地を救ったのが、彼よりも少し年上の米倉だった。彼は仲間とともに「熟年痴漢クラブ」なるものを作り、電車内で協力し合っては互いにいい思いをしているという。早速入会した民雄は、彼らからテクを学んでのめりこんでいくが……。人気作家による書下し痛快回春官能！

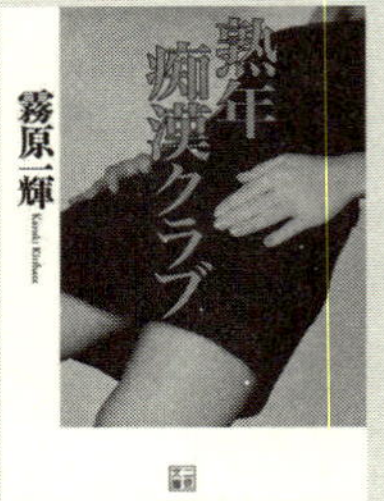